Libro 1. Nell`altro mondo o ancora no?

La Prova Reale ha inizio!

"Camelot. Singolarità 20-01. Le Avventure di Tre Ragazze in un Altro Mondo".
Collana di libri.

Elena Kryuchkova

Tradotto da Beatrice Nani

"Libro 1. Nell`altro mondo o ancora no? La Prova Reale ha inizio! (Camelot. Singolarità 20-01. Le Avventure di Tre Ragazze in un Altro Mondo. Collana di libri.)"

Scritto da Elena Kryuchkova

Tradotto da Beatrice Nani

Copyright © 2023 Elena Kryuchkova

Tutti i diritti riservati.

Editora Tektime

www.tektime.it

Design copertina – Copertina realizzata da AI (Stable Diffusion, NightCafe)

Elena Kryuchkova

Camelot. Singolarità 20-01. O Le Avventure di Tre Ragazze in un Altro Mondo.

Libro 1

Arthuria, Marilyn e Lancitel sono tre amiche che fanno parte di un gruppo musicale amatoriale. Si stavano recando al Festival delle bande amatoriali. Ma il loro autobus rimase bloccato nel traffico e alla fine le amiche si ritrovarono in ritardo per l'apertura del Festival. Scese dall'autobus, decisero di prendere una scorciatoia attraverso un piccolo bosco... In modo del tutto inaspettato, si persero e si ritrovarono in una fitta foresta, come se fosse uscita dalle pagine dei racconti di fantasia!

Nel bosco, le ragazze incontrarono l'indovina Viviane e scoprirono di essere alla periferia di Camelot, la leggendaria città dei tempi antichi, governata dal re Uther Pendragon. Una città non solo dei tempi lontani, ma anche di un'altra realtà! Arthuria, Marilyn e Lancitel si sono ritrovate nella Singolarità 20-01, nel mondo in cui la storia dello sviluppo della Terra si è svolta in modo leggermente diverso. Almeno così diceva l'interfaccia della misteriosa applicazione, il cui pannello di controllo appariva davanti ai loro occhi...

Cosa accadrà alle ragazze in un mondo nuovo e completamente sconosciuto? Quali avventure le attendono? Che tipo di interfaccia è apparsa davanti ai loro occhi? E come finirà la Prova Reale che il re Uther Pendragon, sovrano di Camelot, ha deciso di condurre?

Questa storia è di fantasia e ogni somiglianza con persone o eventi reali è casuale.

Anche i personaggi della mitologia sono cambiati: i loro caratteri, le loro relazioni e i loro legami familiari sono frutto di fantasia. Questa storia è completamente inventata.

Libro 1. Nell'altro mondo o ancora no? La Prova Reale ha inizio!

Parte 1. Nell'altro mondo o ancora no?

Capitolo 1. I protagonisti vanno nel passato? Oppure no?

"Allora, ragazze, qualche suggerimento: dove siamo esattamente?" chiese una normalissima ragazza ventenne dai capelli biondi di nome Arthuria alle sue amiche. Posò a terra la custodia della chitarra elettrica che teneva in mano e la appoggiò a un tronco d'albero.

I suoi genitori erano appassionati della leggenda di Re Artù e avevano persino dato alla figlia il nome del loro personaggio preferito.

"Nessuna idea", rispose nel frattempo una delle sue amiche, una bella ragazza bionda di nome Marilyn, posando anch'essa la custodia della chitarra elettrica che prima teneva tra le mani.

I suoi genitori erano attori di ruoli episodici. E hanno sempre sognato di crescere la figlia come una grande attrice. Le avevano persino dato il nome di una delle più grandi attrici della storia. Anche se la ragazza di per sé amava la matematica e la meccanica. Ma grazie alla perseveranza dei suoi genitori, ha continuato a studiare come attrice.

"Siamo nel passato! O siamo in un altro mondo! Questo è stato fatto da rettiloidi venuti dallo spazio!" esclamò nel frattempo una terza amica, una ragazza dai capelli scuri di nome Lancitel. Gesticolava emotivamente con le mani e il fatto che in quel momento avesse in mano una pesante valigia non la disturbava affatto.

I suoi genitori erano appassionati di elfi ed esoteristi. Avevano un negozio di forniture occulte, ed entrambi leggevano i Tarocchi e creavano oroscopi. Probabilmente non è sorprendente che anche Lancitel leggesse bene i Tarocchi e realizzasse oroscopi. Conosceva anche vari miti e credeva nei rettiloidi provenienti dallo spazio.

"Oh, Lancitel, calmati! I rettiloidi non esistono!" Arthuria e Marilyn sospirarono all'unisono. "E metti subito la valigia a terra! Altrimenti ci colpirai per sbaglio!"

"No, non è vero! I rettiloidi esistono! E quando ho fatto l'oroscopo, ho visto l'influenza di Mercurio retrogrado sui nostri destini! E i Tarocchi hanno mostrato un lungo cammino e molte difficoltà della vita!"

Lancitel puntò espressivamente il dito verso il cielo e guardò le amiche (pur continuando a posare la valigia a terra). Poi continuò:

"Vedete anche voi cosa sta succedendo! Dove siamo finite? Che cos'è questa foresta? È come una foresta antica con un'aura speciale! Siamo nel passato! O in un altro mondo! Non diversamente! Abbiamo anche visto un bagliore dorato pochi istanti prima di perderci! E ci sono altri insetti!"

Un bagliore dorato, l'hanno visto davvero.

"Lancitel cara, non preoccuparti", cercò di rassicurarla Marilyn. "È impossibile tornare nel passato o entrare in un altro mondo - tali movimenti nello spazio e nel tempo non sono stati scientificamente provati. Esistono alcune teorie scientifiche che prendono in considerazione tali fenomeni. Ma nessuna di esse è stata dimostrata. Ci siamo solo perse quando abbiamo cercato di prendere delle scorciatoie, tutto qui! Per quanto riguarda gli insetti, in questo periodo dell'anno ce ne sono sempre molti. Questo è stato scritto anche sul sito web del Festival delle bande amatoriali! Dopotutto, si svolge fuori città... E consigliavano di prendere degli spray speciali contro gli insetti! Ed è esattamente quello che abbiamo fatto".

"Ma che dire del bagliore dorato?"

"Un fenomeno astronomico! O un banale bagliore del sole! Niente di più!"

"Ma i navigatori dello smartphone non funzionano! E non c'è campo per la connessione mobile! E nemmeno Internet!" Lancitel aggrottò la fronte.

"Probabilmente la zona di copertura qui è pessima", sospirò Arthuria, fino ad allora silenziosa.

Per tutto questo tempo aveva cercato senza successo di agganciare la rete. Ma il suo telefono, come quello delle sue amiche, mostrava ostinatamente che non c'era rete. Non c'era affatto.

"E sembra che alla fine saremo in ritardo per il Festival delle bande amatoriali..." Arthuria sospirò di nuovo. "Volevo davvero arrivare in tempo per l'inaugurazione..."

È comprensibile: tutte e tre le amiche suonavano nel gruppo musicale amatoriale Lovely Marshmallows. Tre ragazze così diverse erano amiche fin dall'infanzia, frequentavano la stessa scuola e, nonostante le differenze caratteriali e di interessi in altri ambiti della vita, avevano molto in comune.

Avevano tutte vent'anni, frequentavano l'università (anche se diverse) e amavano molto la musica. No, non volevano diventare musicisti professionisti. A loro piaceva solo il processo creativo in sé. Perciò decisero di organizzare un gruppo e di dedicarsi alla creatività nel tempo libero. Arthuria suonava la chitarra elettrica, Marilyn suonava anch'essa la chitarra elettrica e scriveva la musica, mentre Lancitel era la cantante e scriveva i testi.

Le ragazze gestivano blog personali e un blog generale sui social network, dove pubblicavano video con registrazioni dei loro lavori. I video non sono diventati virali, ma hanno trovato il loro pubblico. Inoltre, le Lovely Marshmallows partecipavano talvolta a vari concorsi amatoriali.

E quando furono informate del nuovo Festival delle bande amatoriali, che avrebbe dovuto svolgersi in una delle contee della Gran Bretagna, decisero di venire a parteciparvi. Le ragazze arrivarono a destinazione con successo, ma a causa dell'occupazione degli alberghi vicini alla sede del Festival stesso, dovettero affittare una stanza un po' più lontano. Questo 'poco più lontano' era a venti minuti di autobus e altrettanti a piedi.

Così, il giorno del Festival, Arthuria e Marilyn presero le loro chitarre elettriche (suonavano questi strumenti musicali) e Lancitel una valigia con gli abiti di scena (era una solista e non suonava strumenti musicali). Salirono sull'autobus e partirono.

Ma il loro autobus rimase bloccato nel traffico. Ahimè, gli ingorghi sono così insidiosi! Si verificano sempre nel momento sbagliato! Di conseguenza, le amiche sarebbero arrivate in ritardo all'inaugurazione. Scese dall'autobus, decisero di prendere una scorciatoia attraverso un piccolo bosco... In modo del tutto inaspettato, si persero e finirono in una fitta foresta, come se fosse uscita dalle pagine di un racconto di fantasia!

"Quindi siamo nei guai", sintetizzò Arthuria con tono cupo, rendendosi conto di non potersi collegare alla rete. "Proverò ad arrampicarmi su un albero! Forse anche lì ci sarà campo? In genere si ritiene che più si sale, meglio si prende la rete".

Si tolse lo zaino (tutte e tre le amiche avevano portato con sé anche gli zaini con tutto il necessario) e iniziò ad arrampicarsi sulla quercia secolare. Fin da bambina amava arrampicarsi sugli alberi ed era una persona molto atletica. Arthuria aveva praticato la scherma per molti anni, partecipando anche a gare regionali. Un tempo gli allenatori sportivi le predicevano un futuro nei grandi sport, ma la ragazza non si prefiggeva di diventare un'atleta professionista. Semplicemente amava la scherma e la praticava con l'anima.

Tra l'altro, Arthuria aveva studiato all'università per diventare insegnante di storia. Voleva diventare un'insegnante con orari di lavoro flessibili, in modo da avere abbastanza tempo per i suoi hobby preferiti.

Lancitel aveva studiato economia e management. In futuro, infatti, avrebbe dovuto prendere in mano l'azienda di famiglia, cioè gestire il negozio di articoli per l'occulto. Nonostante la sua originalità, si tratta pur sempre di un'attività che deve essere gestita in modo adeguato. Sebbene la ragazza non amasse particolarmente gli sport, manteneva una buona forma fisica del suo corpo, e un tempo praticava persino la scherma con Arthuria. Tutti sanno che mente sana in corpo sano. E per gli esoterici, una mente sana è molto importante. Tuttavia, qualche anno prima aveva abbandonato la scherma per dedicare più tempo agli studi e aiutare i genitori nel negozio. Per tenersi in forma, continuava ad allenarsi a casa, da sola. Lancitel aveva paura delle altezze e quindi non si arrampicava mai sugli alberi.

Marilyn, come è noto, studiò recitazione su sollecitazione dei genitori, che sognavano di far crescere la figlia come attrice. Non amava particolarmente lo sport e si limitava a fare esercizi per ottenere una buona forma fisica. Non si arrampicava mai sugli alberi, perché lo considerava irrazionale. Ma ricordava i testi di vari manuali, che descrivevano vari meccanismi, compresi quelli che si possono realizzare con il legno.

...Nel frattempo, Arthuria si arrampicò abilmente sulla cima della quercia.

"Bene, rete! Ora ti prendo!" esclamò gioiosa, fiduciosa nel successo dell'imminente impresa. Ma pochi secondi dopo, il suo grido di frustrazione si fece sentire nei dintorni: "E qui non c'è nessuna rete! Perché?"

"Prova a guardarti intorno dall'alto!" gridò la razionale Marilyn. "E dicci: cosa vedi?"

"La foresta! C'è solo la foresta qui intorno? Ma come? Non dovrebbe esserci una foresta così fitta e grande qui!" esclamò ancora la ragazza in preda allo sconcerto più totale.

"Questi sono tutti rettiloidi provenienti dallo spazio!" Urlò Lancitel. "Siamo in un altro mondo! O siamo nel passato!"

"Lancitel, calmati!" Marilyn e Arthuria risposero contemporaneamente.

"Ma Mercurio retrogrado!..."

"Calmati!"

"Nessuno mi crede..." disse la giovane esoterica accigliata. "Anche se le mie previsioni si avverano sempre..."

Nel frattempo, Arthuria si guardò ancora una volta intorno. Sembrava perplessa. Il paesaggio della fitta foresta che le appariva davanti dalla cima della quercia era sorprendente. *"No, non potremmo davvero essere state trasportate nel passato o in un altro mondo a causa di quel bagliore dorato?"* le balenò in testa quel pensiero. Involontariamente, sentì un brivido sgradevole dentro di sé, ma subito scacciò con decisione questi pensieri: *"No! I rettiloidi e i viaggi nello spazio o nel tempo non esistono! È impossibile! Lancitel ne parla sempre! Dopotutto, è figlia di esoteristi e in futuro erediterà il negozio dell'occulto! Certo che crede in tutte queste cose irrealistiche!"*

Anche Arthuria non credeva nell'esoterismo e nel misticismo. Era troppo razionale per questo.

"Ma non può essere!" pensò ancora la ragazza guardandosi intorno. "Siamo in città! Non c'è nessun posto che possa ospitare una foresta così fitta! Forse quello che ho visto era una specie di illusione ottica! A causa di una sorta di rifrazione della luce, si crea un falso effetto di abbondanza di vegetazione intorno!"

Non aveva mai sentito parlare di un'illusione del genere, e in effetti le era venuta in mente proprio ora. Ma non aveva idea di come procedere. La paura cominciò ad impadronirsi di lei. È ragionevole: lei e le sue amiche si trovano in un luogo sconosciuto, da sole. Le comunicazioni mobili non funzionano, così come Internet. Cosa fare? Dove andare?

Arthuria scese dall'albero, reprimendo a stento il panico.

"Non c'è speranza", sintetizzò Marilyn con tono cupo.

"Già", annuì Arthuria non meno cupamente. "Non c'è traccia di civiltà in giro! A quanto pare, si tratta di una specie di illusione ottica di rifrazione della luce, quando si crea un falso effetto di abbondanza di vegetazione intorno!"

Eppure, involontariamente, lanciò un'occhiata diffidente a Lancitel, in attesa di altre dichiarazioni sui rettiloidi e su Mercurio retrogrado. Ma la giovane esoterica rimase sorprendentemente in silenzio, esaminando pensosamente gli alberi circostanti.

"Allora riassumiamo", continuò a parlare Marilyn. "Siamo sole, in un luogo sconosciuto. Le comunicazioni mobili e Internet non funzionano. Tra le provviste abbiamo due chitarre elettriche, costumi di scena e tre smartphone che sono diventati completamente inutili. Anche i soldi e le carte di credito nella foresta sono inutili: con quelli non compreremo nessuna provvista. Gli spray per gli insetti saranno utili. Le tre bottiglie d'acqua e i panini che abbiamo nello zaino non dureranno a lungo. In altre parole, i nostri affari vanno male. Ci sono due scenari per lo sviluppo degli eventi: il primo è che troveremo comunque una via e usciremo dalla foresta. E Arthuria, dalla cima dell'albero, in effetti, ha visto solo una sorta di illusione ottica di rifrazione della luce, quando si crea un falso effetto di abbondanza di vegetazione intorno. E la seconda opzione: ci siamo davvero perse, in qualche modo impensabile, vagando in una vera foresta, che per qualche motivo non era presente su nessuna mappa. In questo caso, l'unica cosa che possiamo sperare è che i nostri genitori si accorgano presto che siamo sparite. E, ovviamente, non riusciremo a raggiungere il Festival. Ma date le circostanze, questa è l'ultima delle nostre preoccupazioni. Il problema principale è: come facciamo a procurarci cibo e acqua se rimaniamo bloccate qui per qualche giorno?"

Marilyn non si fece prendere dal panico. Da vera matematica e meccanica, raramente si faceva prendere dal panico. E nonostante avesse studiato recitazione, e lo facesse molto bene, nella vita di tutti i giorni era sorprendentemente calma.

"Perché qualche giorno?" mormorò involontariamente Arthuria, sentendo le sue viscere raffreddarsi.

"Diversi giorni terrestri, cioè le rotazioni del pianeta intorno al suo asse", rispose Marilyn. "Qualcuno ricorda le lezioni scolastiche di sopravvivenza nella foresta?"

A scuola si teneva una lezione una volta alla settimana, formalmente aggiuntiva, ma in realtà obbligatoria (perché era tenuta dal marito della direttrice) sulle basi della sicurezza della vita. Durante le lezioni, il marito della direttrice parlava di come comportarsi in situazioni difficili, durante i disastri naturali, di come prestare il primo soccorso e di come sopravvivere nella foresta. Nessuno ascoltava con attenzione le lezioni sulla sopravvivenza nella foresta. Tutti gli scolari pensavano: perché un abitante della città moderna che non ha intenzione di andare in campeggio nella foresta dovrebbe imparare queste cose? Se qualcuno vuole andare nella foresta, può ottenere le informazioni necessarie da Internet!

E così si è verificata una situazione ironica: tre abitanti della città sono capitate proprio in quella foresta, anche se non l'avevano programmato. E, naturalmente, non avevano letto nulla su Internet sull'argomento e non ricordavano nulla delle lezioni scolastiche!

"Non mi ricordo di quelle lezioni", rispose felicemente Lancitel nel frattempo. "Ma possiamo fare la cartomanzia!"

Tra loro tre, sembrava essere la meno consapevole della situazione in cui si trovavano. O forse credeva fortemente nel potere della divinazione.

In ogni caso, Lancitel non sarebbe stata se stessa se avesse agito diversamente. Perciò trovò un ramoscello e con esso tracciò quattro direzioni sul terreno, dopodiché prese dal collo un ciondolo di vetro che portava sempre con sé. In piedi, in una posa teatrale, alzò le mani al cielo e disse:

"O spiriti di questa foresta! Mostrateci la strada, e come possiamo uscire da qui!"

La ragazza iniziò a muovere lentamente il ciondolo nelle quattro direzioni. Simboleggiavano i quattro punti cardinali (sbagliati, ovviamente, disegnati solo in posizioni presunte). Era un po' come la divinazione con il pendolo, ma Lancitel aveva un suo sistema. Contava mentalmente un certo numero di secondi, dopodiché guardava: il suo 'pendolo' si era bloccato o no? Se si blocca, la direzione è corretta. Se non si ferma, la direzione è sbagliata.

Naturalmente sorge la domanda: cosa succede se il 'pendolo' non si ferma in nessuna delle direzioni durante il tempo contato? Ma, stranamente, questo non è mai accaduto prima. Lancitel è sempre riuscita a trovare una delle direzioni. Spesso azzeccandola. Ma tutti pensavano che non fosse altro che una coincidenza.

"Spiriti della foresta! Ascoltatemi!" disse ancora Lancitel.

Arthuria e Marilyn si guardarono scettiche. Non credevano nell'esoterismo. Tuttavia, era vero che bisognava fare qualcosa. E nessuno sapeva come orientarsi nella foresta.

"Forse dovremmo rimanere dove siamo? Tutti i bambini sanno che se ci si perde, si resta dove si è", sussurrò Arthuria a Marilyn. "E non andare da nessuna parte con nessuno!"

"Sì, ma noi non siamo bambini. Anche se, naturalmente, questo vale non solo per i bambini…" sospirò la giovane attrice-matematica. "Tuttavia, è improbabile che questo ci aiuti ora. I nostri genitori ci chiameranno solo in tarda serata".

Entrambe le ragazze sospirarono. Si ricordarono dei loro genitori. Erano sicure che le loro figlie ventenni e responsabili sarebbero state attente e ragionevoli. E di certo non si sarebbero perse cercando di prendere scorciatoie in un bosco presumibilmente piccolo.

"Ecco! Andiamo lì!" esclamò nel frattempo Lancitel con allegria, indicando la destra.

"Forse dovremmo rimanere dove siamo?" Arthuria propose con flebile speranza.

"In teoria, per quanto mi ricordo della mappa su Internet, il bosco dovrebbe essere piccolo", rispose pensierosa Marilyn. "Probabilmente, ha senso continuare a camminare: andremo da qualche parte, usciamo".

"Già, piccolo... Mentre mi guardavo intorno da quella quercia, non ho visto alcun segno di civiltà. Ma potrebbe essere un'illusione ottica".

"Sì, si può spiegare in diversi modi. Potrebbe davvero essere un'illusione ottica. Oppure, per esempio, che la quercia da cui ti sei guardata intorno non sia abbastanza alta. Quindi hai visto solo le cime degli alberi. Tutto si spiega matematicamente".

"Anch'io capisco che ci deve essere una spiegazione ragionevole, ma comunque..."

Arthuria sentì di nuovo un brivido dentro di sé. Marilyn aveva già recuperato la sua compostezza. E Lancitel dichiarò di nuovo con sicurezza:

"Andiamo là! Cosa stiamo aspettando? Andiamo!"

E andarono, senza sapere dove. Lungo la strada, Lancitel chiamò più volte 'gli spiriti della foresta', così le ragazze cambiarono direzione.

Dopo un po', divenne evidente: la foresta non ha fine, si va troppo per le lunghe. Il panico cominciò a cogliere le ragazze. Arthuria si arrampicò più volte sugli alberi e si guardò intorno, ma c'era solo la foresta. Sempre calma, Marilyn non riusciva a controllarsi. Era chiaro: non si trattava certo di una sorta di illusione ottica, quando, a causa della rifrazione della luce, si crea un falso effetto di abbondanza di vegetazione intorno. E solo Lancitel continuava a ripetere:

"Ci siamo trasportate nel passato o in un altro mondo! Questo posto ha un'aura diversa!"

Di conseguenza, dopo l'ennesima ripetizione di questa frase, Arthuria perse la pazienza e chiese:

"E cosa proponete di fare se siamo in un altro mondo o nel passato?"

"Naturalmente, dobbiamo fare ciò per cui i rettiloidi ci hanno trasportato qui con l'aiuto del raggio dorato! In effetti, questo ha certamente un senso!"

"Quindi, come nel canone fantasy, stai suggerendo che dobbiamo salvare qualcuno o trovare qualcosa? Come salvare un regno o trovare qualche artefatto?" Arthuria suggerì scetticamente.

"Sì, esattamente".

"Ma il concetto di fantasia non è in conflitto con i rettiloidi provenienti dallo spazio?" Marilyn fece la stessa domanda che preoccupava Arthuria.

"No, affatto. Perché l'universo è vasto e multiforme", rispose Lancitel con assoluta sicurezza.

Le sue amiche si guardarono in modo espressivo. A loro piaceva comunicare con Lancitel, erano amiche fin dall'infanzia. Ma a volte diceva cose molto strane...

...Le ragazze camminarono ancora per un po'. L'ora sugli smartphone indicava che stavano camminando lungo il 'bosco' da quasi un'ora.

All'interno di Arthuria, tutto stava diventando più freddo e Marilyn, sempre calma, non riusciva a resistere al panico. Entrambe si resero conto con orrore che, nonostante l'illogicità e l'assurdità di quanto stava accadendo, la versione di Lancitel sembrava essere una delle spiegazioni più ragionevoli.

"Oppure noi tre siamo così stupide che stiamo girando in tondo da un'ora!" Arthuria pensò cupamente. *"Tutti gli alberi si assomigliano! E chi ha suggerito di prendere una scorciatoia?"*

Cercò di ricordare questo evento molto recente. Si rivelò una cosa paradossale: tutte e tre la proposero nello stesso momento. *"Ora è chiaro, la colpa è di tutte noi"*, sospirò la ragazza, rendendosi conto di essere ugualmente responsabile dell'accaduto. *"Ora non dovremmo pensare a come arrivare in tempo per l'inizio del Festival, ma a come uscire da questo posto..."*

Improvvisamente notò come la foresta cominciasse a diradarsi. L'aria profumava di acqua, umidità e piante acquatiche. Soffiava freschezza e una sensazione di umidità. E ora, in breve tempo, una radura adiacente al lago della foresta si aprì davanti agli occhi delle ragazze. Sulla sua riva sorgeva una modesta casa costruita con pietre imbrattate di argilla. Ad essa si affiancavano degli edifici annessi costruiti con tavole di legno rozzamente lavorate. Con tutto il suo aspetto, sembrava più la dimora di una strega di una foresta fantastica, come se fosse uscita dalle pagine di storie stereotipate.

Un sentiero calpestato conduceva alla casa, andando oltre, verso la foresta che si diradava, oltre il lago. Nel portico della casa dormiva un enorme cane nero. Esaminandolo più da vicino, si capì che si trattava di un mastino.

"Gli spiriti della foresta ci hanno indicato questo posto", disse Lancitel indicando con il dito la direzione della casa, poi si mise al collo il ciondolo di vetro.

"Proprio come in una classica storia di fantasia..." Arthuria ridacchiò tra sé e sé. *"Ora il cane abbaierà e dalla casa uscirà una strega del posto, che ci affiderà qualche missione..."*

Non sapeva che Marilyn stava pensando la stessa cosa. E non sapeva che questa ipotesi sarebbe stata del tutto corretta...

Un attimo dopo il cane abbaiò:

"Woof! Woof!" nel silenzio della foresta, rotto solo dai suoni di insetti, uccelli e piccoli animali, l'abbaiare sembrava particolarmente forte.

"Sì, sì, Carbo! È venuto qualcuno? Perché sei così arrabbiato?" disse una voce femminile dall'interno della casa.

"Woof! Woof!" il mastino nero continuò a 'salutare' gli ospiti. Non si precipitò ad attaccare le ragazze, rimanendo nel portico della casa. Ma con tutto il suo aspetto dimostrava: che era meglio non avvicinarsi e non farlo arrabbiare.

"Sembra che sia meglio stare alla larga", riassunse Arthuria con tono cupo.

"E non fare mosse improvvise", aggiunse Marilyn.

"Se attacca, gli spray per insetti ci aiuteranno?" chiese Lancitel, lottando per controllarsi. Aveva paura dei cani di grossa taglia. "Credo di aver letto su Internet che gli spray pungenti aiutano in questi casi..."

"Speriamo che la padrona appaia presto e che sia affidabile", Arthuria cercò di non farsi prendere dal panico. Anche se mentalmente non capiva affatto: perché un cane così grande era stato lasciato incustodito? Potrebbe essere pericoloso!

Nel frattempo, una donna di mezza età apparve dalla casa. Era bassa, di corporatura media, con lunghi capelli argentati legati in trecce eleganti. Sembrava avere una quarantina d'anni.

Se la si guardava più da vicino, si capiva che era vestita in modo strano: con un semplice abito di tela in tessuto casalingo non tinto, cinto con la stessa cintura. Come se la donna fosse un personaggio di qualche storia del Medioevo, o un abitante del mondo mitologico della spada e della magia.

Le ragazze si guardarono sorprese. Persino Lancitel, con il suo amore per il misticismo, fu colta di sorpresa. Eppure, era la prima volta che incontrava qualcosa di così insolito nella vita reale.

"Chi è?" Marilyn sussurrò dolcemente. "Una lavoratrice di qualche parco a tema?"

"Su Internet avevo appena visto la pubblicità di un nuovo parco a tema in Inghilterra dedicato alla leggenda di Re Artù..." rispose Arthuria. "I miei genitori sono appassionati di questa leggenda, volevano visitarlo... Ma mi sembrava che questo parco si trovasse in un'altra parte del Paese..."

Lancitel, stranamente, rimase in silenzio.

Nel frattempo, il cane continuava ad abbaiare e la sua padrona si accorse finalmente delle ragazze.

"Oh!" esclamò stupita, affrettandosi a raggiungerle. "Chi siete, sconosciuti? Siete vestite in modo così insolito... Dovete essere di nobili origini! Ma in questo caso, dov'è la vostra scorta? È successo qualcosa?"

Mentre la donna parlava, il cane di nome Carbo si calmò un po'. Almeno non aveva intenzione di attaccare gli ospiti non invitati.

E in quel momento le ragazze si resero conto tardivamente di una cosa molto importante. Vale a dire: per tutto questo tempo, la donna aveva parlato nella loro lingua madre. Senza accento. Cioè, non in inglese (anche se tutte e tre le amiche conoscevano bene l'inglese e quindi potevano girare per l'Inghilterra senza problemi).

La situazione si rivelò estremamente strana: ora le ragazze si trovavano in Inghilterra. Quindi, potevano trarre un'ovvia conclusione: qui la gente parla inglese. E al primo incontro con Arthuria, Marilyn e Lancitel, le persone del posto non riescono a parlare la lingua madre delle ragazze. Se non altro perché non si sa da dove provengano esattamente.

Naturalmente, è possibile che alcuni abitanti del luogo conoscano la lingua madre delle ragazze e inizino a comunicare con loro in questa lingua. Ma questo non può essere fatto solo guardandole. Infatti, nel mondo moderno, nella maggior parte dei casi, in linea di principio, è impossibile determinare a prima vista da quale Paese proviene una persona. Dopotutto, in tutti i Paesi vivono persone di razza e aspetto diversi. Grazie ai vari mezzi di trasporto, è possibile viaggiare in varie parti del mondo. Anche l'abbigliamento moderno di molti Paesi è simile. E anche la presenza di strumenti musicali (come quelli di Arthuria, Marilyn e Lancitel) non è insolita.

"Care signore, cosa vi succede? State bene?" chiese ancora la donna. E ancora nella loro lingua. "Sembrate così confuse..."

"Ehm..." Arthuria cercò di ricomporsi. "Signora, siamo sorprese che ci parli nella nostra lingua madre, anche se ci vede per la prima volta. È stata nel nostro Paese e quindi ha capito subito da dove veniamo? O forse anche lei viene da lì?"

"Sì, è vero, credo che sia così", pensò Arthuria. *"Questa donna viene dal nostro stesso paese. Deve essere venuta qui per lavoro. E quando ci ha visto, per abitudine, non ci ha parlato in inglese, ma nella sua lingua madre! Che incredibile coincidenza!"*

Marilyn e Lancitel (nonostante il suo amore per il misticismo) pensarono lo stesso. Per un attimo le ragazze si riempirono di ottimismo: del resto, in una situazione del genere, un incontro di questo tipo è molto incoraggiante!

Tuttavia, contrariamente alle loro aspettative, la donna rimase per un attimo interdetta, poi rise gentilmente e disse:

"Oh care signore! In effetti, ho viaggiato molto in passato! Ma in questi luoghi, ovviamente, parlo la lingua locale! Cosa vi sorprende così tanto? E dov'è il vostro accompagnatore? Oppure... Forse siete qui in segreto?"

Lo sguardo della donna divenne sornione. E le ragazze pensarono tra sé e sé: *"È chiaro che siamo finite in qualche parco a tema locale nello stile del Medioevo. E lei, probabilmente, interpreta il ruolo di una strega della foresta! Che cosa convincente!"*

Anche Lancitel pensò lo stesso. Solo un altro pensiero le balenò in mente: *"Beh, forse è meglio che mi sia sbagliata e che non siamo finite in un altro mondo... Altrimenti, ci sarebbero state sicuramente delle difficoltà con i microbiomi e così via! Avremmo portato nuove malattie nel Medioevo, e noi stesse avremmo contratto qualche malattia sconosciuta dalla gente del posto o ci saremmo avvelenate con il cibo locale! In un altro mondo, di sicuro, ci sarebbe stato lo stesso problema!"*

Sì, Lancitel era esoterica. Ma a scuola amava anche la biologia. Pertanto, capiva come poteva finire l'incontro tra gli abitanti del luogo e i viaggiatori nel tempo e/o nello spazio.

Stranamente, però, i suoi amici più razionali non ci pensavano affatto. Forse perché non riuscivano nemmeno a pensare di poter davvero finire in un altro mondo o nel passato.

Nel frattempo, la donna disse di nuovo:

"Bene, care signore! Venite nella mia umile dimora! Lì discuteremo di tutto! Siete venute da me perché vi predicessi la fortuna, non è vero? Dovete essere venute da lontano! Oh, la mia umile persona è così famosa da far venire da me nobildonne da terre lontane! A proposito, il mio nome è Viviane. Sono una strega e un'indovina. La gente del posto mi chiama la Signora del Lago! Ma di cosa sto parlando? Probabilmente avrete già sentito parlare di tutto questo!"

Certo che avevano sentito parlare della Signora del Lago Viviane, la fata del lago delle leggende arturiane.

La donna fece un gesto invitante con la mano. E le ragazze, pensarono: *"Beh, sembra che siamo entrate nel parco a tema di Re Artù... In ogni caso, siamo in tre e faremo attenzione! Quindi è improbabile che accada qualcosa di brutto! Ci limiteremo a dare un'occhiata alla casa e se qualcosa ci allarma, scapperemo immediatamente!"*

E andarono dietro a Viviane. Erano confuse dopo aver vagato per la foresta e non capivano che era una cattiva idea entrare nella casa di un eremita della foresta (anche solo per dare un'occhiata) senza essere sicure di trovarsi in un parco a tema. Infatti, chiunque può trovarsi in quella casa e può succedere di tutto. Ma le cose non andarono come si aspettavano...

Capitolo 2. Quindi si tratta ancora di un altro mondo?

Il mondo non è precisamente noto, presumibilmente la Terra, la Gran Bretagna durante il Medioevo.

Arthuria, Lancitel e Marilyn erano quasi arrivate a casa di Viviane. Il cane Carbo annusò con disappunto, guardandole con evidente fastidio.

"Bene, bene, piccolo Carbo, non spaventare così le rispettabili signore!" Gli disse Viviane.

Il 'piccolo Carbo', essendo un grosso mastino, pesava probabilmente circa ottanta chilogrammi. *"Questo cane è più grande di me!"* Notò mentalmente Arthuria. *"Anche se gli animali domestici sono sempre 'piccoli' per i loro umani. Dopotutto, anch'io chiamo il mio pastore 'piccolo'... Ah, la mia cara Dinah! Come sta? I miei genitori giocano abbastanza con lei?"*

Il pastore tedesco di Arthuria, Dinah, amava molto camminare e giocare. Non c'erano problemi per le passeggiate: la famiglia della ragazza viveva in una villetta privata con un terreno recintato. E per Dinah avevano realizzato una porta speciale per cani. Arthuria e i suoi genitori non temevano che Dinah potesse scappare: il terreno adiacente alla loro casa era recintato in modo sicuro, il cane stesso indossava un collare con numeri di telefono e, per sicurezza, era microchippato. E naturalmente tutti i vicini conoscevano bene la 'piccola Dinah'.

Anche se la stessa cagnolina poteva essere definita una 'signora ben educata', in quanto colpiva letteralmente con la sua mente e la sua prontezza d'ingegno. Non si allontanava da casa, raramente abbaiava senza motivo, conosceva diversi comandi. In una parola, era un cane esemplare.

Tra l'altro, la stessa Dinah pesava trentuno chilogrammi. Ma per la sua famiglia rimase sempre una 'bambina' e un 'piccolo incanto'.

...Intanto, dalle riflessioni e dai ricordi del cane, Arthuria fu interrotta dalle esclamazioni delle sue amiche:

"Cosa sta succedendo?" Marilyn fu presa dal panico. Sentire la sua voce in preda al panico era già di per sé qualcosa di molto strano. Dopotutto, lei era sempre razionale e calma.

"A-ah-ah! È tutto opera dei rettiloidi! Sembra che ci abbiano trasportato in un videogioco!" Lancitel si strinse la testa. Anche se sentire le sue parole sui rettiloidi non era qualcosa di strano.

"Che cosa sta succedendo? Cosa ti succede?" chiese Arthuria.

Ma in quel momento accadde anche a lei la stessa cosa che era successa alle sue amiche. Davanti ai suoi occhi apparve un bagliore dorato. Nell'angolo della sua visuale apparve un pannello, come quelli che si trovano nei videogiochi. Ma allo stesso tempo era diverso.

Sul pannello c'era scritto: *"Arthuria, 20 anni. Il mondo è una delle varianti della Terra nel Sistema Solare, Singolarità 20-01. Luogo - Gran Bretagna. Il tempo è il periodo dei Secoli Bui"*. Nell'angolo c'era un timer che teneva traccia dell'ora e un'icona di riferimento. Non c'era nient'altro: niente mappe, niente inventario, che di solito sono presenti nelle interfacce dei vari giochi. Solo un timer, un libro di riferimento e informazioni generali sulla 'proprietaria' del pannello di controllo e sulla sua posizione estremamente approssimativa. E, naturalmente, rimaneva la domanda: come aprire il 'libro di riferimento' o che cos'era in realtà questa icona?

"Cosa sta succedendo?" Anche Arthuria urlò, stringendosi la testa per l'orrore. "Che cos'è una 'Singolarità'? I personaggi dei film e dei giochi fantasy a volte chiamano così altri mondi in cui la storia dello sviluppo del mondo ha preso una strada diversa!"

Una serie di pensieri vorticavano nella sua mente. A partire dal fatto che quello che stava accadendo era solo un sogno, fino alla versione di Lancitel secondo cui i rettiloidi provenienti dallo spazio le avevano trasportate in un videogioco.

Nel frattempo, una voce risuonò nella testa della ragazza.

"Il sistema 'Viaggio multimediale attraverso tempi e singolarità' dà il benvenuto all'utente Arthuria. Lei, insieme ai principali utenti, è stata trasportata nella Britannia del Secolo Oscuro, situata sulla Terra nel Sistema Solare, Singolarità 20-01. L'assicurazione standard per gli utenti è inclusa. L'assicurazione standard per gli utenti comprende la protezione dall'invecchiamento, la protezione da qualsiasi tipo di violenza da parte dei residenti locali, la protezione dal dolore e dalle malattie. Il vostro microbioma è protetto da un campo di energia proveniente dal microbioma dei residenti locali, per evitare il verificarsi di epidemie. Inoltre, è inclusa la funzione di traduzione simultanea per comunicare comodamente con gli abitanti del luogo. È inclusa anche una funzione di lettura dei testi sotto forma di sottotitoli sincronizzati. Tutto il testo che scrivete sarà convertito nel testo scritto dagli abitanti del luogo che vi circonda. La generazione di bonus casuali e parametri aggiuntivi non è inclusa nell'assicurazione standard. 'Viaggio multimediale attraverso tempi e singolarità' vi augura una buona avventura! La durata della vostra permanenza in questo mondo è di dieci anni. Il conto alla rovescia inizia dopo la compilazione della dichiarazione di istruzioni! Potete trovare ulteriori aiuti e informazioni sul vostro profilo nel pannello di controllo".

La strana voce finì di parlare e Arthuria si bloccò scioccata. A giudicare dalle espressioni dei volti di Marilyn e Lancitel, avevano sentito la stessa cosa (solo con i loro nomi).

"Care signore, cosa vi succede?" Viviane era preoccupata. Non aveva sentito nulla e quindi era perplessa.

Ma le ragazze compresero il motivo per cui capivano Viviane. A meno che, ovviamente, tutto ciò che stava accadendo non fosse un sogno o una ripresa fatta con una telecamera nascosta, utilizzando una nuova tecnologia che permetteva di creare effetti così realistici.

"Esattamente! Sto dormendo! O è tutta una telecamera nascosta!" esclamò Arthuria.

Il cane Carbo rispose alla sua reazione emotiva abbaiando, e Viviane guardò le care signore con occhi rotondi di sorpresa.

"Quale telecamera nascosta? Ho una specie di interfaccia davanti agli occhi!" Marilyn era indignata. "Piuttosto, o sto sognando, o mi state prendendo in giro! E l'interfaccia del gioco è un ologramma! Arthuria e Lancitel, suvvia, fate parte dello spettacolo delle telecamere nascoste, vero?"

"No, io sto dormendo, o voi mi state prendendo in giro!" Arthuria era indignata.

"Questi sono i rettiloidi venuti dallo spazio! Ci hanno trasportato in un'altra dimensione! O nel gioco! Ma perché?" si chiedeva Lancitel.

Le ragazze discussero a lungo su chi di loro 'agisce di concerto con una telecamera nascosta' e se fosse possibile l'esistenza di rettiloidi dallo spazio. Lancitel continuò a parlare dei rettiloidi, Arthuria e Marilyn della telecamera nascosta. Più precisamente, non parlavano, ma si urlavano emotivamente l'un l'altra sotto i latrati di Carbo.

Viviane rimase in piedi e le guardò con totale sconcerto. Per la prima volta sentiva parole strane come 'rettiloidi', 'telecamera nascosta'. E cos'è un 'gioco'? *"È questo l'intrattenimento delle nobildonne di oggi? Venire a casa della strega della foresta e urlarsi addosso?"* pensò la donna. *"O queste ragazze non sono persone nobili? Possono essere solo delle miserabili pazze? No, è impossibile... Le loro mani sembrano delicate e le loro unghie sono ben curate. I loro abiti, anche se strani, sono fatti di tessuti delicati dai colori vivaci e belli. Non ne ho mai visto uno così! Probabilmente vengono da lontano... Tuttavia, sono puliti! E i volti, i vestiti, i capelli... Sembra che abbiano fatto un bagno e lavato i vestiti da poco! Forse sono arrivate con una scorta! Probabilmente stanno aspettando fuori dalla foresta. Ma allora perché sono arrivate dal lato del bosco? Anche se forse si sono perse un po'... In ogni caso, non sembrano pericolose. E le loro strane custodie sono più che altro strumenti musicali, come grandi liuti, come quelli che i bardi portano con sé! Ma in ogni caso, è improbabile che siano coloro di cui mi hanno parlato i miei ultimi calcoli astrologici: che presto arriveranno dei vagabondi da lontano e porteranno prosperità in queste terre!"*

Questo è ciò che pensava Viviane. Dopotutto, era proprio lei la strega che viveva nella foresta che si trovava vicino a Camelot.

Sì, proprio così, la gloriosa città di Camelot, che Arthuria, Lancitel e Marilyn conoscevano grazie alle leggende di Re Artù. L'unica differenza è che Camelot, che Viviane conosceva e in cui viveva, era governata da Uther Pendragon. Secondo le leggende note alle ragazze, egli era conosciuto come il padre di Artù. Ma la Terra del Sistema Solare, la Singolarità 20-01, aveva caratteristiche e differenze proprie, che le ragazze non conoscevano ancora...

"Questi sono rettiloidi!" urlò Lancitel.

"È una telecamera nascosta!" Marilyn e Arthuria gridarono all'unisono.

"Woof! Woof!" abbaiò Carbo.

Il grosso mastino non si avvicinò alle ragazze. E il suo abbaiare divenne... confuso? Forse sì. Perché il cane non aveva mai visto tre persone che venivano dalla sua umana litigare così disperatamente tra loro.

"Care signore!" alla fine Viviane non ce la fece più. "Per favore, smettetela di urlarvi addosso e spiegatemi cosa c'è che non va!"

La sua voce sembrava così determinata che Arthuria, Lancitel e Marilyn si ammutolirono all'istante e la fissarono. Le tre vivevano ancora nella mente una sorta di trauma associato a una direttrice scolastica estremamente severa (avevano studiato nella stessa scuola). E ora Viviane la ricordava molto alle ragazze.

La paura della scuola, che non era ancora passata del tutto, si fece sentire. Le ragazze si alzarono subito in piedi e dissero all'unisono:

"Sì!" aggiungendo quasi il nome della direttrice.

"Woof?" Carbo rimase sorpreso, colpito da una metamorfosi così inaspettata.

"Care signore, non ho assolutamente idea di quale sia il problema. Vi prego di spiegarmi. Raccontate le vostre storie", disse Viviane già con calma.

Arthuria, Marilyn e Lancitel si guardarono l'un l'altra. Tutte e tre avevano un'interfaccia 'gioco' (?) davanti agli occhi. Tutte e tre si diedero un pizzicotto, per sicurezza, e assicurandosi che quello che stava accadendo non fosse un sogno, si guardarono di nuovo.

"Viaggio multimediale attraverso tempi e singolarità" diceva che eravamo assicurate contro ogni tipo di violenza locale. Cioè, se non altro, non verremo bruciate sul rogo e lapidate a morte?" sussurrò Arthuria alle amiche.

"Mi chiedo come sarà? Gli abitanti del luogo non avranno questi desideri, o si formerà un'armatura intorno a noi?" Pensò Marilyn.

"Probabilmente si formerà un'armatura", rispose Lancitel. "È più facile che controllare le menti delle persone che ci circondano".

"Beh, probabilmente ci saranno delle armature..." Arthuria concordò. "Se supponiamo di essere davvero arrivati da qualche parte, ha senso dire chi siamo e da dove veniamo? O è più facile scappare?"

"Probabilmente è meglio dirlo. Se c'è un'armatura, allora avremo sicuramente il tempo di scappare", suggerì Marilyn in modo ragionevole.

Lancitel annuì. E Arthuria, rivolgendosi a Viviane, iniziò il suo racconto con un sospiro:

"Siamo viaggiatrici... Da una terra lontana. E forse da un altro mondo e da un altro tempo..."

"Da un altro mondo e da un altro tempo?" chiese Viviane. Sembrava sorpresa, ma non spaventata. "Bene, ora sembra che io abbia compreso appieno il significato dei miei calcoli astrologici, e che cosa indicava esattamente il retrogrado di Mercurio... Siete davvero voi le vagabonde della mia previsione?"

"Che porteranno prosperità in queste terre..." aggiunse la donna tra sé e sé. Non ne parlò ad alta voce, perché era un po' superstiziosa e temeva di 'rovinare' la predizione. Inoltre, non aveva piena fiducia in quel momento.

"Sì, Mercurio retrogrado!" esclamò Lancitel. "Quando ieri ho fatto l'oroscopo, ho visto l'influenza di Mercurio retrogrado sui nostri destini! E la previsione dei Tarocchi mostrava un lungo cammino e molte difficoltà della vita!"

"I tarocchi? Che cos'è?" Viviane era sorpresa.

"Sono carte speciali per la divinazione! Ho un mazzo con il quale ho una connessione energetica. Con il mio mazzo ottengo previsioni molto precise. Ma non riesco a 'fare amicizia' con altri mazzi..."

"Oh, capisco, capisco! Per un cartomante, lo strumento è un aspetto molto importante del lavoro! Di solito leggo le rune e faccio calcoli astrologici. Ho sentito dire che molto a est, nel Regno d'Egitto, i cartomanti usano le carte, ma da noi questo non è accettato!"

La conversazione tra Viviane e Lancitel stava chiaramente iniziando a prendere la direzione sbagliata. Pertanto, Arthuria si schiarì delicatamente la gola per attirare l'attenzione.

"Oh, certo, mi dispiace, care signore! Che maleducazione: vi prego di venire nella mia umile dimora, dove potremo parlare", ricordò la strega dei boschi. "Penso che sia meglio parlare all'interno piuttosto che discutere di cose così importanti all'esterno".

Invitò le ragazze a entrare in casa. Entrate con cautela, si guardarono intorno e tirarono un sospiro di sollievo: la casa sembrava la più normale delle abitazioni dei film sul Medioevo. C'erano un focolare, un semplice tavolo e due panche. Nell'angolo si trovava un semplice letto di legno, separato dal resto della stanza da una tenda di lino casalingo attualmente aperta. C'erano anche diverse cassapanche. Lungo la parete opposta erano allineati scaffali di legno di fattura approssimativa, pieni di ogni sorta di bottiglie e vasi di terracotta. Dal soffitto pendevano mazzi di erbe essiccate.

Carbo entrò di corsa nella casa, infilandosi tra le ragazze. Si precipitò risolutamente in avanti e si sdraiò sul letto. Con tutto il suo aspetto, sembrava dire: *"Vi osservo, sconosciuti! E non voglio offendere il mio amico umano!"*

"Probabilmente non gli piacciamo molto…" pensò Arthuria, guardando il cane e ricordandosi involontariamente del suo pastore Dinah. *"Beh, se davvero siamo state trasportate nel passato, probabilmente emettiamo odori completamente diversi… E secondo Carbo, siamo noi a dover essere temuti"*.

Nel frattempo, Viviane invitò le ospiti a sedersi sulle panche. Arthuria si presentò, presentò le sue amiche, e poi raccontò con sincerità come loro tre si stessero dirigendo al Festival, avessero deciso di prendere una scorciatoia attraverso il bosco, ma fossero inspiegabilmente finite in una fitta foresta, e poi, appunto, avessero incontrato Viviane stessa.

La strega dei boschi ascoltava con attenzione Arthuria, oltre a Marilyn e Lancitel, che a volte aggiungevano i loro commenti. Non interrompeva e solo di tanto in tanto faceva un gesto di avvertimento con la mano per Carbo, che a volte cominciava ad annusare minacciosamente. Non è chiaro perché annusasse: gli ospiti si comportavano con calma.

Mentre Arthuria raccontava tutto a Viviane, si rendeva sempre più conto della stupidità di ciò che stava accadendo. Lei e le sue amiche erano finite in un posto strano e tutte e tre avevano 'l'interfaccia di gioco' davanti agli occhi.

"A proposito, avete qualcosa di strano davanti agli occhi? Hai sentito voci strane?" chiese Arthuria a Viviane alla fine del racconto.

"No, non ho sentito nulla di strano, né ho visto cose strane davanti ai miei occhi", scosse la testa. "Vedo il mondo come lo vedo di solito".

Per un attimo regnò il silenzio, rotto solo dal fiuto insoddisfatto di Carbo.

"Lady Viviane, non sembra molto sorpresa", disse Marilyn, guardando la strega della foresta. "La sua reazione è più simile a quella di chi ha conosciuto persone come noi, o ne ha sentito parlare".

"In effetti, signora Marilyn, ha ragione. Ho sentito parlare di questo fenomeno", annuì la donna. "Molti, molti anni fa, quando ancora non vivevo da queste parti, ho incontrato una ragazza proveniente da un altro mondo. Non indossava abiti strani, sembrava una del posto. Tutti la consideravano un'artista di successo. Ma un giorno ci siamo messe a parlare e mi ha raccontato di cose strane. Non riuscivo a crederci e per questo più tardi mi misi a fare la cartomanzia e a fare calcoli astrologici. Alla fine, tutti mi dimostrarono che le parole della ragazza erano vere. E che lei, in effetti, veniva da lontano".

"Cosa è successo a quella ragazza?" chiese Lancitel.

"È scomparsa, esattamente dieci anni dopo la sua prima apparizione nella città in cui viveva".

Le ragazze si guardarono: erano dieci anni che il loro timer faceva il conto alla rovescia 'sull'interfaccia di gioco'. Tra l'altro, il tempo era diminuito un po'. Esattamente il tempo in cui le amiche si trovavano in questo strano posto.

Quell'artista era proprio come loro: un utente volontario o inconsapevole del misterioso 'Viaggio multimediale attraverso tempi e singolarità'? O è solo una coincidenza?

"L'artista ha parlato di 'interfaccia'?" Arthuria chiese a Viviane.

"No", rispose lei. "Non capisco bene cosa sia 'l'interfaccia', ma ho capito che tu stai vedendo qualcosa che non è disponibile al mio sguardo. E quel qualcosa vi ha mostrato giustamente che siete in Gran Bretagna".

"Signora Viviane, può dirci con esattezza in quale parte della Gran Bretagna ci troviamo?" Chiese Marilyn.

"Certamente! Queste sono le foreste vicino alla gloriosa città di Camelot!"

"Wow! Camelot!" esclamarono all'unisono le ragazze.

"Il vostro mondo ne conosce l'esistenza?" chiese la strega della foresta.

"È la leggendaria città delle leggende di Re Artù!" rispose Arthuria. "A quanto pare, siamo ancora nel passato..."

"Passato? Che meraviglia! Quindi, venite dal futuro?" Viviane era sorpresa. "Ma chi è Re Artù?"

"Il sovrano di Camelot e il re leggendario! Era il figlio di un altro re leggendario, Uther Pendragon!"

"Oh, Sua Maestà Uther! Egli regna sulle nostre gloriose terre!" annuì Viviane. "Ma il Re non ha figli".

"Forse siamo tornati al periodo in cui regnava il giovane Uther", suggerì Marilyn. "Spero che non influisca sul flusso del tempo se dico che Re Uther avrà un figlio in futuro, Artù, nato da Lady Igraine! Certo, non dobbiamo fidarci al 100% dei miti, ma forse alcune delle mirabolanti avventure di Artù si basano su eventi reali!"

"Il nostro Re è effettivamente sposato con Lady Igraine, vedova del Duca di Cornovaglia di nome Gorlois", rispose Viviane. "Ma non hanno figli. Per molti anni di matrimonio, le divinità non hanno mandato loro né figli né figlie".

"Potrebbe essere che Re Artù fosse il nipote di Re Uther che ha ereditato il trono?" suggerì Lancitel. "E le leggende lo ricordano come un figlio".

"*È strano che non abbia parlato di rettiloidi provenienti dallo spazio*", si chiedeva Arthuria.

"Forse, certo, Sua Maestà ha un nipote di cui nessuno sa nulla, ma finora gli eredi più probabili al trono sono sua moglie Igraine e la figlia avuta dal duca Gorlois, Morgause", rispose pensierosa Viviane. "Dopotutto, è logico che se il potere passa alla regina, in quanto moglie del re, allora sua figlia erediterà dopo di lei, anche se da un altro matrimonio. Per lo meno, questo aiuterà a evitare inutili rivolte nel Paese e disaccordi tra la nobiltà. Tuttavia, sarà difficile per Morgause scegliere un marito: deve fare una scelta in modo che la famiglia del marito non acquisisca troppa influenza".

"Mi sembra ragionevole", rispose Arthuria. "Ma secondo una delle leggende, Re Artù fu cresciuto dal mago Merlino. Forse è successo in segreto?"

"Merlino?" Viviane era sorpresa.

"Sì, il mago leggendario! A volte viene chiamato con il nome di Myrddin!"

"Il suo nome è in qualche modo simile a quello di Lady Marilyn, anche se si pronuncia in modo diverso! Ma non ho mai sentito parlare di lui... Anche se conosco tutti i maghi locali e i maghi famosi della Gran Bretagna!"

"Hmm, strano…" disse di nuovo Arthuria pensierosa. "Ma dei miti e delle leggende non ci si può fidare al 100%! In che anno siamo ora? Nella nostra interfaccia non c'è alcuna indicazione chiara della data odierna!"

"Ora è l'anno 5546 dalla Creazione del Mondo secondo il calendario dell'Impero Etrusco! Il settimo mese e anche il settimo giorno!" rispose prontamente Viviane.

Per un attimo ci fu una pausa imbarazzante nella stanza, interrotta solo dal tranquillo russare di Carbo, che si rese conto che gli ospiti non rappresentavano una minaccia e alla fine si addormentò.

"Mi scusi, credo che abbiamo sentito male... Che anno è?" chiese Marilyn.

"È l'anno 5546 dalla Creazione del Mondo secondo il calendario dell'Impero Etrusco! Il settimo mese e anche il settimo giorno!" ripeté Viviane.

La stanza tornò a tacere.

"Care signore del futuro, qualcosa vi ha spaventate o imbarazzate? Ho detto qualcosa di sbagliato?" si stupì la strega dei boschi, vedendo l'evidente confusione delle ragazze.

"Hmm, forse nella vostra epoca si usavano diversi sistemi di cronologia, che non hanno raggiunto la nostra epoca…" Marilyn cercò di ragionare. "Ma, signora Viviane, sa che anno è adesso secondo la cronologia romana, secondo il calendario giuliano?"

"Cronologia romana? Di che cosa sta parlando?" Viviane era sinceramente sorpresa. "Come può Roma, una modesta provincia dell'Impero etrusco, avere una propria cronologia? Care signore, state confondendo qualcosa! Ora tutti usano il calendario dell'Impero etrusco!"

Arthuria, Marilyn e Lancitel si guardarono sconcertate. Roma - una modesta provincia dell'Impero etrusco? Come è possibile? Naturalmente conoscevano gli Etruschi, un'antica civiltà che nel I millennio a.C. abitava il nord-ovest della penisola appenninica. Essi crearono una cultura avanzata che precedette quella romana. Ma alla fine la civiltà etrusca si dissolse gradualmente e fu assimilata da Roma, che si stava sviluppando attivamente. Perciò fu estremamente strano sentire che Roma era solo una modesta provincia dell'Impero etrusco!

"Sembra che la Singolarità 20-01 non sia il nostro mondo", riassunse brevemente Lancitel. "E ora ci troviamo nel passato di un'altra realtà. È simile alla nostra, ma lo sviluppo della storia è avvenuto in modo diverso".

La stanza tornò a tacere. Marilyn e Arthuria cercarono di dare un senso a ciò che stavano sentendo. L'espressione di Viviane non cambiò: pensava già dall'inizio che le ragazze provenissero da un altro mondo. Il fatto che siano entrate nel passato, suggerì

Arthuria. A Viviane non importava da dove venissero. In ogni caso, erano ragazze provenienti da lontano e da un'altra dimensione.

"Aspetta, Lancitel..." Arthuria cercò di protestare. "Un altro mondo suona come... strano? E mi ricorda anche una specie di fantasy di terza categoria, in cui le eroine si ritrovano nel passato e lì sono coinvolte in varie stupide avventure".

"Ci sono diverse teorie scientifiche che riguardano i viaggi nello spazio e nel tempo, ma nessuna è stata dimostrata", annuì Marilyn. "E con 'l'interfaccia di gioco' davanti agli occhi, mi è stato più facile credere che tutto ciò che stava accadendo fosse solo un sogno. Ma dato il realismo di ciò che sta succedendo, non posso dirlo".

"È stato fatto tutto da rettiloidi provenienti dallo spazio!" esclamò Lancitel. "Probabilmente viaggiare nello spazio e nel tempo è come un gioco per loro! Perciò abbiamo davanti ai nostri occhi un'interfaccia di gioco!"

"Aspetta, Lancitel, questo non spiega affatto l'interfaccia di gioco che abbiamo davanti agli occhi!" Arthuria non era d'accordo. "Per poterla vedere, è necessario un qualche effetto sul sistema nervoso! Oppure qualcuno ci ha messo in una simulazione di realtà virtuale! Ma se è così, perché i rettiloidi ne hanno bisogno?"

"Parlo come se io stessa cominciassi a credere nei rettiloidi!" disse la ragazza mentalmente inorridita. *"Questo è completamente illogico! Ma allora come spiegare ciò che sta accadendo?"*

"Oh, è semplice!" rispose intanto Lancitel. "Forse i rettiloidi stanno conducendo una sorta di esperimento sociale! O stanno provando un nuovo gioco! O stanno girando un reality show!"

"Un reality show? I rettiloidi?" chiese Arthuria scettica.

"Sì! Per esempio, può chiamarsi 'Ragazze in un altro mondo'! O 'Belle viaggiatrici dal pianeta azzurro'!" iniziò subito a fantasticare la giovane esoterica.

"Oppure 'Tre perdenti che non sanno come tornare a casa' ", Marilyn interruppe le sue strane fantasie. E diede voce a ciò che le amiche non avevano ancora capito: "Come facciamo a tornare a casa? I nostri genitori ci staranno cercando! E a giudicare dal contatore dell'interfaccia di gioco, siamo qui da dieci anni!"

Lancitel e Arthuria si bloccarono per un attimo e poi, stringendosi la testa, lanciarono un urlo straziante:

"NO! Questo no!"

"Woof?!" al loro grido, il cane Carbo balzò in piedi spaventato e cercò di strisciare sotto il letto. Il tentativo non andò a buon fine: solo la testa si infilò sotto il letto, perché il corpo si rivelò troppo grande per farlo.

"Oh, Carbo, non sei più un cucciolo! Non puoi passare sotto un letto così basso!" disse Viviane. Probabilmente, periodicamente il cane cercava di ricordare la sua infanzia.

Il mastino la guardò con tristezza. E poi guardò le ragazze non meno tristemente.

"Perché ho l'impressione che ci guardi come se fossimo delle sciocche?" pensò involontariamente Arthuria. *"Proprio come la mia Dinah a volte..."*

"Dinah! La mia Dinah! Come stai senza di me?" al ricordo del cane, le lacrime affiorarono negli occhi della ragazza.

"È meglio che pensi ai tuoi genitori, non a Dinah..." Marilyn rispose scettica.

Arthuria impallidì e poi urlò di nuovo in modo straziante:

"NO! Mia madre mi strapperà le orecchie se torno tra dieci anni! E sarà molto preoccupata... E anche papà..."

"È esattamente quello che volevo dire", confermò Marilyn con tono cupo. "E poi, se, secondo le istruzioni del 'Viaggio multimediale attraverso i tempi e le singolarità', abbiamo un'assicurazione standard per gli utenti che include la protezione contro l'invecchiamento, allora immaginate come sarebbe! Tutti i telegiornali saranno pieni di titoli: "Le ragazze scomparse dieci anni fa sono tornate giovani come il giorno della loro scomparsa". Attireremo l'attenzione dei media, degli scienziati, dei medici, ecc. E ci sarà sicuramente chi non crederà alla nostra verità, e ci considererà delle imbroglione spudorate!"

"NO!" Arthuria urlò di nuovo in modo straziante, spaventando ancora di più Carbo. Di conseguenza, il mastino si infilò sotto la coperta del letto e fece finta di non esserci più.

In quel momento Lancitel si tranquillizzò e, filosoficamente, puntò il dito in aria, come se stesse guardando lo schermo di uno smartphone.

"Poverina..." pensò Arthuria, guardando l'amica. *"Era completamente in preda allo stress..."*

Ma contrariamente alle sue aspettative, Lancitel disse:

"Ragazze, ho capito un po' come usare l'interfaccia del gioco. Se si 'clicca' in aria con il dito due volte sull'icona della rubrica, questa si apre. E poi c'è la sezione 'Tempo standard di permanenza'. Se la aprite, c'è scritto che alla fine dei dieci anni di permanenza nel luogo in cui ci ha mandato il 'Viaggio multimediale attraverso tempi e singolarità', torneremo nel luogo da cui siamo arrivate. Nello stesso momento e nella stessa ora. Così il panico dei genitori e la terribile notizia sembrano essere rimandati".

Arthuria fece quello che Lancitel aveva detto incredula. Marilyn seguì l'esempio. Con grande sorpresa, riuscirono ad aprire gli elenchi, dove videro la sezione giusta. Precisamente sotto 'Accordo con l'utente' e 'Introduzione'. E tutto era scritto nella loro lingua madre! Ed era scritto lì:

"Il tempo standard trascorso in tempi e singolarità diverse per gli utenti di questo accordo è di 10 anni solari del pianeta su cui ci si trova. Il tempo di permanenza può essere prolungato se si fa una richiesta aggiuntiva e si dà il proprio consenso. Un ritorno anticipato al vostro tempo e alla vostra Singolarità di origine non è possibile, a causa di possibili conseguenze negative nel continuum spazio-temporale.

In una situazione critica, sarete automaticamente trasportati nel subspazio e immersi nel criogeno, fino al ritorno al vostro tempo originario e alla Singolarità.

Al termine del soggiorno e del ritorno al vostro tempo originario e alla Singolarità, tornerete nello stesso periodo di tempo in cui è stato effettuato il trasporto, tre istanti dopo il momento del trasporto. Possibile errore: più o meno due istanti. Se convertito in unità di tempo familiari all'utente, un istante equivale a un secondo.

Il ritorno viene effettuato in un momento vicino a quello del trasporto, per evitare problemi con il continuum spazio-temporale. Per maggiori informazioni, potete contattare il Servizio di Assistenza all'indirizzo di posta astrale sotto indicato".

Seguirono strani simboli, che ricordavano vagamente delle antiche rune.

"E cosa significa?" chiese Arthuria al termine della lettura.

"Che torneremo a casa più o meno nello stesso momento in cui siamo state trasportate qui", rispose Marilyn. "Da un lato è positivo, nessuno sentirà la nostra mancanza. I nostri genitori non si faranno prendere dal panico e i media non saranno travolti dalla notizia del nostro miracoloso ritorno. Ma c'è un aspetto molto negativo: fino ad allora non potremo tornare indietro. E non si sa ancora con certezza: saremo in grado di tornare? E finché non torneremo, dovremo in qualche modo sopravvivere in questo luogo - in un altro mondo, in un altro tempo. Spero che la nostra 'armatura' dell'assicurazione standard funzioni bene, se necessario".

"L'assicurazione promette protezione contro il dolore, le malattie e qualsiasi tipo di violenza da parte degli abitanti del luogo…" Arthuria sospirò.

"E sembra che il sistema 'Viaggio multimediale attraverso tempi e singolarità' sia una specie di gioco per rettiloidi. O altri alieni", aggiunse Lancitel. "Come se noi avessimo dei videogiochi. Loro hanno solo giochi con trasporti reali in altri mondi e periodi temporali. O è una specie di turismo?"

"Oh, questa volta non possiamo fare a meno di discutere con te..." sospirarono entrambi le amiche.

Viviane e Carbo le osservarono con interesse. La strega dei boschi si astenne dal commentare, ma il cane decise comunque di affacciarsi da sotto la coperta.

"Ma se questi sono veri giochi o 'turismo' di rettiloidi o altri alieni, allora perché ci hanno portato qui?" chiese ragionevolmente Arthuria.

E involontariamente pensò: *"Sto già parlando di rettiloidi e alieni in tutta serietà! Cosa mi è successo?"*

"Un incidente?" Marilyn suggerì.

"O un esperimento sociale?" aggiunse Lancitel.

"Non si sa..." sospirarono pesantemente le sue amiche.

"Possiamo riassumere", disse Arthuria dopo averci pensato un po'. "Il quadro non è dei peggiori, ma nemmeno dei migliori. Il lato positivo è che abbiamo l'assicurazione standard che dovrebbe proteggerci. Almeno in teoria, in pratica è meglio non rischiare. E dobbiamo tornare nello stesso momento in cui siamo scomparse. Quindi, in teoria, non dobbiamo preoccuparci di parenti e amici... In pratica, lo spero... Tra gli svantaggi: in ogni caso, siamo completamente sole qui, in un mondo senza Internet, senza le consuete comodità e senza le capacità di sopravvivenza di base. Ammettiamolo: non possiamo sopravvivere nella foresta e possiamo cucinare panini e cibi pronti solo nel microonde! E sulle nostre capacità di orientamento sul terreno, in genere resto in silenzio..."

Le ragazze sospirarono pesantemente. A scuola, infatti, di solito non ascoltavano non solo le lezioni sulla sopravvivenza nella foresta, ma anche quelle di economia domestica. Anche se la loro insegnante di economia domestica alle superiori diceva sempre:

"Tutti dovrebbero saper cucire e cucinare! Sia i ragazzi che le ragazze! Sono abilità di base che possono tornare utili in qualsiasi momento! Improvvisamente succede che i negozi e altri frutti del progresso diventino inaccessibili!"

"Come è possibile?" chiese un giorno Arthuria scettica. "Dove possono andare improvvisamente i negozi e gli altri frutti del progresso?"

"E se si venisse trasportati nel passato o in un altro mondo, come nelle storie di fantasia?" rispose allora l'insegnante di economia domestica.

Tutti in classe risero, prendendo le sue parole come uno scherzo. Anche Arthuria, Marilyn e Lancitel.

Fino ad oggi, le tre pensavano che, se necessario, avrebbero potuto guardare tutto su Internet, sfruttare tutti i trucchi della vita, portare i loro vestiti in un atelier economico per ripararli, mangiare in un bar o comprare prodotti semilavorati per il microonde. E ora si trovano in una situazione completamente diversa... Per essere più precisi, tutto è accaduto esattamente nel modo in cui scherzava la loro insegnante di economia domestica: le ragazze si sono ritrovate nel passato e in un altro mondo...

...Nel frattempo, Arthuria, Lancitel e Marilyn continuavano a pensare ad alta voce.

"Beh, forse dovremmo trovare un lavoro", suggerì Marilyn. "Ma temo che la nostra istruzione e le nostre capacità siano inutili in questo mondo. Non conosciamo le usanze, le regole, le leggi o le particolarità della vita locale... Arthuria, hai qualche idea al riguardo? Stai studiando per diventare insegnante di storia!"

"No, la penso esattamente come te", scosse la testa. "Inoltre, studio la storia in termini generali. Non mi specializzo in nessuna epoca in particolare! Posso insegnare solo a scuola".

"Sono ancora sorpresa che tu abbia deciso di diventare un'insegnante di scuola", disse Lancitel, divagando improvvisamente dall'argomento. "Non hai mai avuto il desiderio di insegnare qualcosa ai bambini!"

"Beh, sarò una cattiva maestra", disse Arthuria agitando la mano. "Insegnerò secondo il principio: se lo studente sa quello di cui parlavano le lezioni, posso dare il voto minimo. Ma avrò un orario flessibile e tempo per i miei hobby! Potrò continuare a praticare la scherma e la musica! E se il mio stipendio non sarà sufficiente, guadagnerò soldi extra come tutor".

"In un certo senso sei terribile..." sospirò Marilyn. "Anche se anch'io sono pessima: volevo studiare matematica e meccanica, ma non potevo difendere il mio diritto di studiare dove volevo. E su insistenza dei miei genitori, sono andata a studiare come attrice... E in effetti, anche le mie capacità in questo mondo sono inutili... In compenso, grazie a loro, posso 'giocare' a fare il mago. E provare a creare semplici meccanismi. In teoria, lo so, e finalmente potrei provare a farlo in pratica! Solo che prima devo sapere: a che livello di sviluppo è la meccanica qui?"

"Cercherò comunque di orientarmi nell'ambiente locale", pensò Arthuria. "Ho insegnato invano la storia?"

"E io posso essere un'indovina", disse Lancitel. E all'improvviso le venne in mente: "Oh! Sembra che le mie abilità siano le più utili qui! E posso disegnare un mazzo di Tarocchi per me stessa, se trovo il materiale! Penso che se disegnerò un mazzo di Tarocchi per me stessa, le previsioni saranno accurate! Del resto, sarà completamente caricato con la mia energia!"

"Ma resta comunque la domanda: dove e come possiamo trovare un lavoro?" sospirarono pesantemente le sue amiche.

La stanza si fermò per un attimo.

"Forse dovremmo diventare cantanti itineranti?" suggerì Lancitel.

"Non è una buona idea", Arthuria scosse la testa. "Non sappiamo cosa sia considerato decente in questo mondo e cosa sia considerato indecente. Se ci comportiamo male, possiamo essere giustiziate..." poi si ricordò dell'assicurazione utente standard del sistema 'Viaggio multimediale attraverso i tempi e le singolarità'. E aggiunse: "Ah, no, non saremo giustiziate...siamo assicurate contro tutti i tipi di violenza da parte della gente del posto… mi chiedo se si tratterà di un'armatura a raggiera o di qualcos'altro?"

Nel frattempo, Viviane ascoltava attentamente le ragazze senza interromperle. Poi, all'improvviso, suggerì:

"Care signore, dopo aver ascoltato le vostre conversazioni, mi sono resa conto che siete persone dal talento molto versatile. E ho pensato: perché non superate la Prova Reale?"

"Prova Reale?" chiese Arthuria sorpresa.

"Sì, la Prova Reale", confermò la strega della foresta. "Come ti ho detto prima, il nostro re Uther non ha eredi diretti. Per questo ha annunciato la Prova Reale, che inizierà proprio oggi nella città di Camelot".

"Ma non ha detto lei stessa che gli eredi più probabili al trono sono la moglie Igraine e la figlia avuta dal duca Gorlois, Morgause?" Marilyn era sorpresa.

"È vero", annuì Viviane. "Molto probabilmente una di loro diventerà la vincitrice. Per questo motivo, molti non credono alla sua veridicità e pensano che la Prova sia solo una formalità per trasferire legalmente il potere alla moglie o alla figlia. Se superano la Prova, nessuno potrà smentire il loro potere in futuro".

"Ma allora che senso ha che noi partecipiamo a questa Prova?" Lancitel fece una domanda ragionevole.

"Perché questo è il posto giusto per mettere in mostra le proprie capacità e fare conoscenze utili!" sorrise la donna.

"Ma come possono gli stranieri partecipare a questo evento?" Marilyn fece un'altra domanda ragionevole.

"Non è un problema! Re Uther ha detto che possono partecipare anche persone che vengono da lontano! Anche per questo molti pensano che la Prova Reale sia solo una formalità!"

Arthuria, Marilyn e Lancitel si guardarono l'un l'altra. Capirono che non avevano altra scelta. Alla fine, nei dieci anni che sono costrette a trascorrere in questo mondo, hanno bisogno di vivere da qualche parte, di mangiare qualcosa e così via. È improbabile che quell'armatura (o ciò che è incluso nell'assicurazione standard?) possa aiutarli a procurarsi il cibo.

"Signora Viviane, per favore, ci dica di più su tutto", disse Arthuria con fermezza.

"Allora, signore, ascoltate…" rispose la strega della foresta.

Parte 2: La Prova Reale ha inizio!

Capitolo 3: L'inizio della Prova Reale

Terra, la Singolarità 20-01, anno 5546 dalla Creazione del Mondo secondo il calendario dell'Impero Etrusco, Gran Bretagna, la città di Camelot

Re Uther era seduto su una sedia di legno vicino alla finestra del suo castello nella città di Camelot. La sua mente era invasa da pensieri cupi.

Il destino non aveva mandato bambini al re. Per quanto gli dispiacesse ammetterlo, il motivo era chiaramente lui e non la regina Igraine. Sua Maestà aveva infatti una figlia, Morgause, nata dal suo primo matrimonio.

Quando Lady Igraine rimase vedova (il marito, il duca Gorlois, era morto in battaglia quindici anni prima), la donna rimase in lutto per il tempo prescritto. Allo scadere di questo periodo, il Re, che amava Igraine da molto tempo, le chiese di sposarlo.

Naturalmente lei accettò! Quale donna rifiuterebbe di diventare regina di Camelot, una delle città più prospere della Britannia in quei tempi turbolenti? Inoltre, anche sua figlia Morgause potrà vivere a Corte! Anche se il Re non la farà diventare sua figlia adottiva, la vita a Corte promette a qualsiasi bambino molte prospettive utili.

"Ma in quei giorni l'amore mi accecò e non vidi la verità che avevo sotto il naso..." Uther sospirò dolcemente.

Ahimè, la realtà era che Lady Igraine non era affatto come il Re aveva immaginato all'inizio...

"E poco dopo il matrimonio, sottomise di fatto metà della Corte..." Uther sospirò di nuovo. "E da allora ho avuto un continuo confronto con lei..."

Il Re a volte si chiedeva mentalmente: come aveva fatto a non accorgersene prima? È vero quel che si dice: l'amore è malvagio e cieco!

All'inizio, Uther era contento che la moglie mostrasse un interesse così attivo per gli affari di Stato. Nella Singolarità 20-01, la storia aveva preso un corso diverso e le donne avevano molti diritti. Pertanto, tutti in Britannia sapevano che una regina doveva essere forte e in grado di governare il Paese, nel caso in cui il re fosse partito per una spedizione militare. Una regina, se necessario, deve diventare reggente per un erede minore se il re muore prematuramente. E una regina può ereditare il potere se un re non ha eredi propri...

Ma secondo Uther, Igraine era ben lontana dall'immagine di un sovrano saggio. Gli sembrava che pensasse solo al proprio benessere e al proprio tornaconto, senza preoccuparsi affatto del popolo. Cosa accadrà se lui morirà senza lasciare eredi e la regina salirà al potere?

"Maestà!" Uther sentì la dolce voce di sua moglie alle sue spalle. Si era avvicinata spesso in silenzio, cogliendolo di sorpresa.

Il re si voltò e vide sua moglie. Era una splendida donna dai capelli rossi, molto più giovane di lui. Sembrava che in quindici anni di matrimonio non fosse cambiata molto.

"Mia Regina!" cercò di sorridere il Re, guardando con scetticismo la nuova collana della moglie. Spesso la donna spendeva i fondi della tesoreria per queste cose. E spesso promuoveva l'introduzione di nuove tasse e l'aumento di quelle esistenti. Raramente perdonava i suoi sudditi e sosteneva con forza l'inasprimento delle pene per vari reati. Tuttavia, le sue proposte si estendevano non solo ai popolani, ma anche ai nobili. "Non ti ho sentito affatto! Da quanto tempo sei qui?"

"Oh, sono appena arrivata! Oggi è il giorno della Prova Reale", disse. "E sono venuta a informarmi sul tuo benessere".

"Oh, mia regina, oggi la mia salute è estremamente buona!" rispose Uther.

Negli ultimi tempi non stava bene: varie malattie croniche si erano aggravate e vecchie ferite avevano ricominciato a dolere. Il Re sentiva l'avvicinarsi della morte imminente. E capì: se non si fosse posto il problema dell'erede nel prossimo futuro, il prossimo sovrano dopo la sua morte sarebbe stata Igraine. E poi c'è Morgause.

"Morgause... E come ha fatto una ragazza così buona in passato a diventare avida e dura come sua madre? Con loro, il nostro Regno sarà condannato! Devo condurre la Prova Reale! E scegliere un degno erede!" pensò.

"Maestà, che cos'è la Prova Reale?" chiese nel frattempo Igraine. "Alla fine, nessuno ne conosce i dettagli! Tuttavia, tutti la considerano solo una formalità, che diventerà un motivo in più perché il potere passi a me".

"Non è una formalità", disse il Re ridacchiando tra sé e sé. *"Ma se supererà la Prova, allora dovrò mantenere la mia parola regale...Igraine diventerà la Regina, e la nostra gloriosa Camelot sarà condannata...il suo comportamento è completamente contrario alle idee dell'umanesimo, da me apprese dai trattati dei filosofi dell'Impero Etrusco!"*

Ad alta voce, però, disse:

"Mia cara Regina! Desidero sinceramente la felicità del mio Regno! Per questo sto preparando la Prova! Ma la gente ha ragione: hai tutte le possibilità di superarlo".

"E non poche... Ma spero ancora per il meglio..." aggiunse mentalmente.

"Non vuoi che la tua amata moglie diventi l'erede al trono?" Igraine sorrise dolcemente, sentendosi indignata.

"Vecchio rimbambito! Non capisci che sono la migliore candidata a governare Camelot, visto che non ci sono eredi diretti?" le balenò in testa. *"Il popolo ha bisogno di una regina forte, non di una sciocca ingenua che è troppo tenera con tutti! Altrimenti, il Regno andrà in rovina!"*

"Oh, mia Regina! Voglio solo che tutto sia sicuro a Camelot!" rispose il Re. "E come ho già detto, hai un'alta probabilità di ottenere il trono".

"Purtroppo..." Uther pensò di nuovo.

"Beh, spero che la Prova Reale sia equa, come tutto ciò che fai di solito, Maestà", disse la Regina.

"Sbaglia tutto!" pensò. *"È troppo debole! I nostri vassalli sono diventati così rilassati che di solito non pagano le tasse! Il nostro tesoro è vuoto! La criminalità in città è in aumento! E il Re si indigna continuamente quando sostengo pene più severe e quando compro gioielli, anche se si tratta di un investimento! E nei momenti più difficili, posso venderli... Ma Uther mi considera un 'nemico' e pensa che sarò un cattivo sovrano di Camelot! Sì, finora questa città sta prosperando rispetto al resto delle terre di Britannia, ma cosa succederà se le cose continuano così?"*

"Forse è arrivato il momento di andare alla Prova Reale", disse il Re mentre si alzava a fatica dalla sedia.

Negli ultimi tempi aveva difficoltà a camminare e per questo si appoggiava a un bastone speciale. Dopo aver fatto qualche passo,

Uther avvertì un improvviso dolore al petto e una debolezza. La consapevolezza arrivò da sola: non gli restava davvero molto tempo...

"Ma prima di questo, devo fare una cosa. Devo scegliere un candidato adatto a diventare il nuovo sovrano di Camelot", gli balenò nella mente. *"Non importa chi sarà: un uomo o una donna, una persona di nobili origini o un popolano, giovane o meno, locale o straniero... La storia di alcune province dell'Impero Etrusco conosce casi in cui persone degne di nota provenienti da lontano sono diventate governatori! E hanno governato con successo! Quindi Camelot dovrebbe avere un degno sovrano! Colui che supera completamente la Prova Reale! E allora la prosperità della città continuerà!"*

Purtroppo Uther non si rese conto che Igraine aveva completamente ragione. La verità era che i vassalli, in effetti, si erano 'rilassati' e quindi non pagavano le tasse normalmente. La tesoreria reale era vuota e la criminalità era in aumento, poiché la gente non temeva più le punizioni gravi. L'acquisto di gioielli come una sorta di investimento è un ottimo modo per risparmiare. Infatti, possono sempre essere rivenduti con profitto, per esempio ai gioiellieri etruschi. Tutti sanno infatti che le donne etrusche amavano molto i gioielli. E i gioiellieri, dopo aver 'riordinato' un po' i gioielli, li rivenderanno ancora più costosi a qualche ricca signora.

Certo, a volte Igraine agiva con estrema durezza. Ma Uther era troppo debole.

Forse se un tempo il re non fosse stato accecato dalla bellezza di Igraine, avrebbe prestato più attenzione al suo carattere. E Igraine, non sedotta dallo status di regina, avrebbe trovato un modo per rifiutare correttamente Uther. E ora, questi due non avrebbero provato un odio silenzioso l'uno per l'altra.

Tuttavia, se Uther avesse poi sposato una donna più dolce, non si sa cosa sarebbe successo a Camelot ora. Tuttavia, l'influenza di Igraine a corte, così come le sue azioni, hanno spesso giovato al Paese.

Tuttavia, a volte il destino conduce le persone su strade completamente sconosciute e impensabili, così da ottenere alla fine uno scenario completamente inaspettato e migliore per tutti... O forse no?

***

"Quindi, per quanto ho capito, in questo mondo, al momento, la principale potenza mondiale è l'Impero Etrusco", riassunse Arthuria dopo che Viviane ebbe finito di parlare brevemente di tutto.

Si incamminarono attraverso la foresta verso Camelot. Arthuria, Marilyn e Lancitel presero i loro strumenti musicali e gli zaini per ogni evenienza. Perché, secondo Viviane, 'non si sa cosa potrebbe essere utile nella Prova Reale'.

Lungo il cammino, la strega della foresta parlò alle ragazze di questo mondo, della Britannia, di Camelot. Ma per qualche motivo, parlò della Prova Reale solo in termini generali, come: quanto tempo fa è stato annunciato, e che tutti possono parteciparvi, e dove si svolgerà.

"Sì, ma ultimamente l'Impero Etrusco è stato molto indebolito dall'assalto dei barbari del nord", annuì Viviane.

"Woof!" disse affermativamente Carbo, che decise di accompagnare la sua amica umana.

"Qualcosa di simile è accaduto con l'Impero romano nel nostro mondo", risponde pensierosa Marilyn. "Era l'Impero più potente del suo tempo, ma gradualmente si è indebolito e ha perso la sua influenza".

"Questo mondo è in qualche modo simile al nostro, ma diverso", aggiunse Lancitel. "E, se ho capito bene, re Uther ha studiato la filosofia dei filosofi etruschi in gioventù, giusto? E ha assorbito le idee di umanesimo e di uguaglianza. Ma alla regina e ad alcuni cortigiani non piace. Infatti i vassalli cominciarono a non pagare più le tasse, il tesoro cominciò a svuotarsi e la criminalità in città aumentò…" Dicendo questo, la ragazza si rese conto di una cosa e disse: "Aspetti, signora Viviane, ma lei stessa prima non ha definito queste terre come le più prospere della Britannia?"

"Sì, è vero", rispose lei. "Finora queste terre, per miracolo, sono riuscite a prosperare. Ma cosa succederà dopo? Se sale al potere qualcuno di debole come Uther, i vassalli si dichiareranno indipendenti e il tesoro sarà completamente vuoto. Ma se al potere salirà la Regina o qualcuno con un carattere duro come il suo, non si potrà evitare nemmeno il malcontento del popolo... In effetti, la nostra prosperità è ora letteralmente appesa a un filo..."

"Signora Viviane, lei sta dicendo cose molto sensate", disse Arthuria all'improvviso. "Come ho capito dalle sue parole, in questo mondo solo la metà delle persone sa leggere e ancora meno - un terzo della popolazione sa scrivere. In altre parole, le cose non vanno bene per quanto riguarda il livello di alfabetizzazione... Mi è subito sembrato strano: il suo discorso è molto letterato. Anche se questo è il funzionamento del sistema 'Viaggio multimediale', è improbabile che sia così abile nel correggere l'alfabetizzazione del parlato. Inoltre, lei conosce molto bene il sistema statale e comprende questo argomento. Lei non è solo una strega della foresta e un'indovina, vero?"

Ci fu una pausa.

"Sì, è vero", annuì infine Viviane. "Non l'ho detto a nessuno da queste parti, ma credo di poterlo dire a voi tre: siete stranieri di un altro mondo! Io sono un'indovina fuggita da Roma, la provincia dell'Impero etrusco. La nostra famiglia è molto antica, abbiamo servito a lungo i governanti della provincia. Ma sette anni fa, una delle mie previsioni non piacque al sovrano locale... Si arrabbiò e stava per imprigionarmi. Sono dovuta scappare. Presi i miei oggetti di valore e il mio amico Carbo, dopodiché ci imbarcammo su una nave mercantile per la Gran Bretagna. Qui non ci cercheranno! È troppo lontano da Roma!"

"Questo spiega molte cose", concordò Marilyn. "Mi è sembrato strano che lei parlasse troppo bene per essere un'indovina della foresta di quest'epoca".

"Quindi, nel vostro mondo, in un'epoca simile, il livello di alfabetizzazione della gente era più o meno uguale al nostro?" chiese Viviane.

"Woof?" Carbo sembrò chiedere la stessa cosa.

"Credo di sì", rispose Arthuria. "Noi chiamiamo questo periodo 'Medioevo' ".

"E nel vostro tempo, in quello in cui vivete, ci sono molte persone alfabetizzate? Oppure, care signore, siete davvero di nobili origini?"

"No, siamo quelle che nella vostra epoca venivano probabilmente chiamate 'popolane' o 'semplici cittadine' ", rispose Arthuria. "Il tenore di vita in molti Paesi è aumentato enormemente e l'istruzione di base è diventata obbligatoria per tutti. Almeno tutti dovrebbero finire la scuola. L'istruzione nelle scuole è per lo più gratuita. Nel nostro Paese, l'istruzione è completamente gratuita nelle scuole elementari, medie e superiori. Anche se, come ho sentito dire, in alcuni Paesi l'istruzione liceale è a pagamento. La scuola completa di solito dura dieci, undici o dodici anni. E poi si può andare a studiare ulteriormente, in una particolare specializzazione".

"Sembra interessante!" Viviane era chiaramente felice di sentirlo. "Forse il vostro mondo e la vostra epoca sono un posto meraviglioso!"

"Woof!" Carbo scodinzolò. Sembrava che il cane capisse davvero ogni parola.

"Niente affatto... In alcuni Paesi i bambini non possono ancora accedere alla scuola..." pensò tristemente Arthuria, non osando dirlo ad alta voce per non turbare l'indovina. *"È solo che io e*

le mie amiche siamo state fortunate a nascere in un Paese relativamente prospero...”

Lancitel non fu così clemente con i sentimenti di Viviane e disse:

“Il nostro mondo e la nostra epoca possono sembrare prosperi a prima vista, ma non è così ovunque. In alcuni Paesi i bambini, per vari motivi, non possono andare a scuola per imparare almeno a leggere e scrivere. Il mondo continua a essere dilaniato dalle guerre e il problema della fame è acuto in molte regioni. Semplicemente, noi tre siamo state fortunate a nascere in un Paese relativamente prospero. Perciò abbiamo potuto finire la scuola e proseguire gli studi. E andare al festival della musica”.

“E finire qui, anche se è già una cosa fuori dal comune”, concluse Marilyn.

Sapeva che Lancitel non pensava sempre ai rettiloidi e a Mercurio retrogrado, e capiva la situazione del mondo molto meglio di quanto potesse sembrare a prima vista. La consapevolezza che c'è così tanto dolore e sofferenza nel mondo la rattristò. Arthuria provò sentimenti simili.

Così, per distrarsi da quei pensieri tristi, Marilyn chiese:

“Ma ancora, signora Viviane, non abbiamo sentito la cosa più importante: cos'è la Prova Reale? Ce ne ha parlato solo in termini molto generali”.

“Oh, nessuno lo sa ancora!” rispose lei. “Si sa solo che si svolgerà nella piazza principale della città! Il Re annuncerà i dettagli sul posto! A proposito, ecco Camelot! Guardate, è apparsa in lontananza!"

"Woof!" Carbo confermò.

Non appena lo disse, le ragazze sentirono uno strano odore trasportato dal vento. E quell'odore era...

"Escrementi?" esclamarono all'unisono.

In effetti, la città odorava fortemente e principalmente dei frutti della vita, sia degli uomini che degli animali.

"Ah, sì..." Arthuria sospirò con uno sguardo di sventura. "Ricordo che durante le lezioni di storia, gli insegnanti ci hanno detto che durante l'Alto Medioevo e il Medioevo, l'igiene non era molto buona... Nelle città, spesso non c'erano sistemi di approvvigionamento idrico e di fognatura. Nella migliore delle ipotesi, i liquami venivano versati nei pozzi neri e talvolta in strada... E quindi l'odore non era molto buono..."

"Ecco perché!" dissero Lancitel e Marilyn pensierose.

"Di cosa state parlando, care signore?" Viviane era sorpresa. "La città di Camelot in passato era una fortezza etrusca! Fu costruita trecento anni fa, durante il tentativo degli Etruschi di colonizzare il territorio della Britannia! Ma cento anni fa, l'Impero Etrusco abbandonò questa impresa e si ritirò. Infatti, a causa della lontananza dai principali possedimenti e della costante resistenza dei residenti locali, è scomodo governare le terre della Britannia. Pertanto, un centinaio di anni fa, l'Impero etrusco lasciò queste terre, abbandonando le proprie fortezze e ville. Naturalmente, le fortezze e le ville ben costruite non rimasero vuote a lungo: furono occupate dai governanti locali! La città di Camelot sorse nello stesso modo: i gloriosi antenati del re Utèr giunsero nella fortezza etrusca abbandonata. Il castello fu rimesso in ordine, la città crebbe intorno ad esso e divenne nota come Camelot! Quindi la città dispone di un sistema di approvvigionamento idrico e di fognature! Del resto, tutte le città e gli insediamenti degli Etruschi sono dotati di rete idrica e fognaria! E anche gli abitanti della Britannia hanno imparato a costruirle! E tutte le feci vengono versate nei pozzi neri e poi mandate a concimare i campi! Altrimenti non si possono evitare le epidemie dovute alla sporcizia! Lo sanno tutti!"

Le ragazze si guardarono sconcertate. Ma una cosa le rassicurò: almeno le persone della Singolarità 20-01 conoscevano l'importanza dell'igiene e sapevano che ogni tipo di epidemia può insorgere a causa della sporcizia.

"Cos'è allora questo odore insopportabile?" chiese Arthuria.

"Quale odore? Ad essere sincera, non capisco bene di cosa stiate parlando!" Viviane era sorpresa.

"Woof!" Carbo la sostenne.

"Probabilmente è abituata, per questo non sente l'odore..." Arthuria, Lancitel e Marilyn la pensavano allo stesso modo.

Avevano indovinato: era esattamente quello che era successo.

"Signora Viviane, non sente alcun odore?" Marilyn le chiese comunque.

"In effetti, ce ne sono alcuni... Ah, capisco - nel vostro mondo e nel vostro tempo, probabilmente non esiste una cosa del genere!" ipotizzò l'indovina. "È l'odore dei campi intorno alla città!

Tutte le terre vicine, così come quelle oltre, appartengono al Regno di Camelot! Oh, a proposito, non ricordo se l'ho detto o no? Il Regno di Camelot prende il nome dalla città di Camelot! Quindi questa città è la nostra capitale!"

"Sì, l'ha detto!" annuirono le ragazze.

E la verità è che Viviane aveva già detto questo. Ma Marilyn, Lancitel e Arthuria si resero conto che l'indovina era una persona molto emotiva e un po' distratta. Per questo motivo, a volte dimenticava ciò che aveva detto in precedenza.

"Eppure, l'odore è mostruoso... È proprio vero che questo odore proviene dai campi?" si domandava mentalmente Arthuria. *"Sarà meglio in città? Anche se no, è improbabile... se ha dei pozzi neri ed è circondata da questi campi, allora perché dovrebbe esserci un odore migliore lì?"*

La sua ipotesi si rivelò corretta. Nel frattempo, continuavano ad avvicinarsi alla città. Lungo la strada incontrarono diverse persone tra gli abitanti del luogo. Guardavano con meraviglia Arthuria, Marilyn e Lancitel, i loro 'strani' vestiti e le loro 'insolite' valigie con gli strumenti musicali. E non osando avvicinarsi e chiedere direttamente, la gente sussurrava:

"Vengono da lontano? Viaggiatori di terre lontane?"

"Sono arrivate alcune nobildonne per la Prova Reale? Ma dov'è il loro corteo?"

"Forse vengono dal Popolo delle Fate? Sono così alte!"

In effetti, le ragazze si resero subito conto che la loro altezza era superiore a quella media degli abitanti del luogo.

"Gli insegnanti ci hanno detto a lezione di storia che un tempo l'altezza media delle persone era inferiore", pensò Arthuria. *"Secondo una delle versioni, il motivo risiedeva nel fatto che a quei tempi il cibo era più scarso e meno vario. E le persone non ricevevano tante vitamine come nei tempi moderni..."*

Ma quando sentì parlare del Popolo delle Fate, rimase sorpresa. Eppure, il popolo fatato è una figura dell'antico folklore europeo! Uno dei nomi degli elfi o delle fate!

"Probabilmente, per la gente del posto, sembriamo davvero insolite", sospirò mentalmente Arthuria.

Non le piaceva attirare troppo l'attenzione nella vita ordinaria. L'attenzione del pubblico quando il loro gruppo musicale si esibisce sul palco è un'altra cosa! Ma per il resto del tempo, questo la metteva a disagio.

"Care signore, penso che possiate facilmente trovare contatti utili alla Prova Reale", disse Viviane. "Ragazze belle e ben educate come voi possono cercare di entrare al servizio di qualche nobile signora! In fondo, tutti sanno che le nobildonne cercano sempre di reclutare giovani ragazze degne nel loro corteo!"

"Educate? Sembriamo le più ordinarie..." Marilyn era sorpresa.

"Nell'antichità, a causa dell'inaccessibilità dell'istruzione, il concetto di buone maniere era diverso", ipotizzò Arthuria.

Si rese conto che in questo mondo e in questo tempo, anche con le loro maniere, sarebbero passate per giovani signore ben educate. E il loro aspetto piuttosto ordinario qui sarebbe stato considerato molto attraente. Ahimè, ma nell'antichità, a causa della cattiva alimentazione, della mancanza di vitamine, del lavoro estenuante e della mancanza di una medicina normale, molte persone non avevano un aspetto migliore. Non c'è bisogno di parlare di cosmetici... Per questo motivo, le nobildonne che potevano permettersi di mangiare cibi più vari, di prendersi cura di sé, di avere accesso almeno a qualche tipo di medicina e di non svolgere lavori estenuanti, avevano un aspetto molto migliore rispetto alle comuni contadine e persino alle abitanti delle città. E a volte erano anche conosciute come bellezze per le stesse banali ragioni...

"A proposito, signora di un altro mondo, mi ha sempre incuriosito una cosa... Se non è un segreto, lei porta con sé dei grandi liuti in queste valigie, vero?" chiese Viviane, guardando con interesse le valigie con le chitarre elettriche nelle mani di Arthuria e Marilyn.

"Sono chitarre elettriche", spiegò Marilyn. "Ma ha ragione: anche questi sono strumenti musicali. E in effetti sono un po' simili ai liuti".

"Quindi avete studiato anche la musica? Allora vi troverete sicuramente una ricca mecenate!" apprezzò Viviane. "Le signore ricche amano che le ragazze del loro entourage imparino a suonare strumenti musicali!"

E mentalmente constatò: *"Il loro mondo e il loro tempo sono così sorprendenti!"*

"Avevamo un gruppo musicale", sorrise Lancitel. "E io sono la loro solista!"

"Sai cantare!" disse ancora Viviane affascinata. "E sembra, signora Lancitel, che lei abbia detto di essere brava nella divinazione!"

"Sì, so leggere i Tarocchi, conosco l'astrologia e faccio oroscopi!"

"Oh sì, astrologia e oroscopi! Ho imparato anche questo quando vivevo a Roma!"

Mentre Lancitel e Viviane discutevano con entusiasmo dei vari metodi di divinazione, l'intera compagnia si avvicinò a Camelot.

"Almeno l'odore non è peggiorato", pensarono Arthuria e Marilyn, guardandosi intorno con interesse.

La città si presentò loro con alte mura di pietra. All'esterno sembravano normali mura di cinta, caratteristiche degli edifici della Britannia durante l'Alto Medioevo. All'interno, le ragazze videro case sorprendentemente pittoresche, costruite in pietra o in legno in stili diversi.

C'erano sia semplici case 'minimaliste' sia un edificio su cui i costruttori avevano cercato di raffigurare colonne e persino tetti sferici.

Le strade erano sorprendentemente pavimentate in modo ordinato. Le strade realizzate in questo stile avrebbero potuto essere romane, ma nella Singolarità 20-01, lo sviluppo della storia aveva preso una strada diversa. E uno dei ruoli chiave nel mondo era ora svolto dall'Impero etrusco. Tuttavia, le somiglianze con l'Impero Romano del mondo passato di Arthuria, Marilyn e Lancitel non erano sorprendenti. Eppure, nel loro mondo, Roma aveva subito una grande influenza da parte degli Etruschi. E in questo mondo, nella Singolarità 20-01, Roma era una delle province dell'Impero etrusco, il che rendeva possibile anche lo scambio culturale.

E, con grande sorpresa di Arthuria, le strade erano abbastanza pulite. *"Probabilmente in questo mondo l'igiene non è così scarsa come nel nostro mondo durante il Medioevo"*, pensò. E all'improvviso si rese conto di una cosa: *"Forse nel nostro mondo l'igiene non era così terribile come pensiamo? E le storie su alcuni casi eclatanti, come versare brodaglia ed escrementi per strada, sono sopravvissute fino a oggi? Anche se la maggior parte delle persone non lo faceva davvero? Tuttavia, è improbabile che conosciamo la verità. A meno che qualcuno del nostro mondo non abbia l'opportunità di viaggiare nel tempo!"*

Pensava, ma allo stesso tempo non era completamente persa nei suoi pensieri. Vedeva la gente bisbigliare e guardare lei e le sue amiche. Inoltre, molti erano interessati al motivo per cui la strega della foresta stava camminando con loro.

"Perché Viviane è con queste ragazze insolite?" si chiedevano.

"Sono venute anche loro alla Prova Reale?"

"Sì, gli stranieri sono ammessi alla Prova Reale!" risposero.

"Ma perché la strega della foresta è con loro? Ha fatto qualche tipo di predizione?"

Ma qualcos'altro attirò l'attenzione di tutti...

"Guardate! Sono persone provenienti dall'Impero Etrusco!" si disse subito preoccupata la gente.

"Hanno saputo anche loro della Prova Reale?"

"La Britannia si è appena liberata dalla loro influenza! Vogliono davvero riprendere il potere nelle nostre terre?"

"Sembra che abbiano intenzioni pacifiche... Guardate, le loro spade sono sguainate e le loro punte di lancia sono inclinate verso il basso!"

"Se superano la Prova, Re Uther dovrà mantenere la sua parola reale e consegnare loro il potere!"

"Non preoccupatevi, molti dicono che la Prova sia solo una formalità per consegnare il potere alla regina Igraine ed evitare così qualsiasi malcontento!"

"Esattamente! Probabilmente gli Etruschi sono arrivati solo per negoziare un commercio!"

Arthuria, Marilyn, Lancitel e Viviane si guardarono indietro e videro la solenne delegazione. Il capo era un bel giovane dai lunghi capelli scuri, vestito con una tunica e un'armatura in stile antico e in sella a un cavallo bianco. Il suo abbigliamento ricordava sicuramente le antiche tuniche e armature romane, ma allo stesso tempo era diverso: lo stile del drappeggio, i dettagli, i motivi. Alla cintura pendeva una spada corta.

Il giovane era circondato da guerrieri armati con armature un po' più modeste, armati di lance (come uno dei cittadini aveva precedentemente notato, le punte erano rivolte verso il basso). Anche loro andavano a cavallo e avevano un'aria molto severa.

"Sono davvero etruschi?" Marilyn chiese a Viviane.

"Sì, senza dubbio", rispose lei. Sembrava preoccupata: in effetti, nessuno a Camelot si aspettava la loro apparizione. "A quanto pare sono venuti qui con le navi. Del resto, relativamente vicino a Camelot c'è un porto dove arrivano molte navi mercantili".

"Quindi questo è l'aspetto che avrebbero avuto gli Etruschi se la loro civiltà fosse durata fino all'Alto Medioevo!" Arthuria non poté resistere a commentare. Tuttavia, anche se stava per diventare insegnante di storia soprattutto per la flessibilità dell'orario, cercava di studiare. E ora era interessata.

"Quindi, tra gli Etruschi, le donne occupano una posizione elevata nella società?" chiese improvvisamente Lancitel. Allo stesso tempo, guardò il giovane a cavallo.

"Sì, certo", Viviane si sorprese della sua domanda. "In passato c'erano delle restrizioni, ma da molto tempo le cose non sono più così... Le donne possono anche servire nell'esercito, nelle guarnigioni che proteggono le città. Anche se solo gli uomini vengono mandati a combattere nelle guerre di conquista. Ma perché me lo ha chiesto?"

"Beh, il loro capo è una cavallerizza così bella!" si stupì a sua volta Lancitel.

E poi Marilyn, Arthuria e Viviane si resero conto di essersi un po' sbagliate...

"Capisco, quindi si tratta di una ragazza..." pensò la veggente. "Che strano... Di recente, leggendo le rune, mi è stato detto che presto dei vagabondi provenienti da lontano verranno qui e porteranno prosperità a queste terre..."

"Probabilmente all'inizio pensava che fossimo noi", capì Lancitel. "Ma quando ha visto gli Etruschi arrivare qui, ha avuto dei dubbi".

"In effetti, hai ragione", concordò Viviane.

"La sua previsione mostrava una minaccia?"

"No".

"Allora è tutto a posto!"

"Davvero, non devo preoccuparmi..."

Marilyn e Arthuria si guardarono solo con scetticismo: non credevano nella cartomanzia. Anche se avevano già capito che Lancitel aveva trovato uno spirito affine in questo mondo.

Il corteo degli Etruschi passò accanto alle ragazze e all'indovina che le accompagnava. Gli Etruschi guardarono le ragazze con grande stupore. È comprensibile: anche loro non avevano mai visto abiti così insoliti.

Tuttavia, gli Etruschi cercarono subito di nascondere il loro stupore, decidendo apparentemente che le ragazze appartenevano alla nobiltà di un'altra città o regno della Britannia. E gli ospiti provenienti dall'altra parte del mare non volevano affatto passare per ignoranti.

Nel frattempo, gli Etruschi proseguirono, lasciando Arthuria, Lancitel, Marilyn, Viviane e gli altri abitanti della città di Camelot a intuire.

Le ragazze e l'indovina si guardarono e si avviarono verso la piazza principale della città. Dopotutto, era lì che doveva svolgersi la Prova Reale.

E il suo momento si stava avvicinando rapidamente. Perché, come aveva detto Viviane, in questo mondo, nella Singolarità 20-01, c'erano gli orologi. Sì, proprio così, orologi! Qui, proprio come nel mondo originario di Arthuria, Lancitel e Marilyn, il giorno era diviso in 24 ore. Naturalmente non esistevano orologi meccanici, ma erano molto diffusi quelli ad acqua.

"Tuttavia, perché sono sorpresa?" pensò Arthuria tra sé e sé. *"Anche nel nostro mondo, nell'antico Egitto, il giorno era diviso in due periodi di 12 ore. La gente allora usava grandi obelischi per tenere traccia del sole! E secondo una versione, fu proprio nell'antico Egitto che fu inventato l'orologio ad acqua! E da qualche parte ho sentito dire che venivano usati anche nell'antica Mesopotamia, nell'antica Cina e nell'antica Persia... È estremamente scomodo vivere senza la misurazione del tempo! Forse questo mondo non è così antico e arretrato come mi è sembrato a prima vista?"*

La ragazza sorrideva dei suoi pensieri, che non sfuggirono agli sguardi delle amiche.

"Hai trovato qualcosa di interessante?" chiese Lancitel.

"No, non l'ho fatto", Arthuria scosse la testa negativamente. "Ma ho solo pensato che forse questo mondo è un po' più confortevole di quanto pensassi all'inizio".

"Oh, ci ho pensato anch'io!" sostenne Lancitel.

"E io!" Marilyn era d'accordo. "Quindi cerchiamo di trovare una buona dama protettrice per servirla durante i dieci anni che dovremo trascorrere in questo mondo!"

"Se vi trovate una signora protettrice, ne beneficerò anch'io!" Viviane annuì felice. "Dopotutto, in segno di gratitudine per il fatto che le ho fatto conoscere delle signorine adorabili e capaci di suonare strumenti musicali, mi ricompenserà generosamente!"

"Ora è chiaro perché ci aiuta…" ipotizzarono le ragazze. E all'improvviso si resero conto di una cosa:

"A proposito, quale tipo di musica in questo mondo è considerata decente e quale no?" chiesero all'unisono.

"Oh, non preoccupatevi!" Viviane rispose loro. "Tutte le persone istruite di Camelot, tra cui le nobildonne, capiscono che le persone che vengono da lontano hanno una loro cultura! Potrete discutere di tutto questo con la vostra protettrice quando la troverete!"

Incoraggiate dalle sue parole, Arthuria, Marilyn e Lancitel la seguirono nella piazza principale della città. Non sapevano ancora cosa le aspettava. E non sapevano ancora quanto si sbagliavano sotto molti aspetti...

Capitolo 4. La Prova Reale

Terra, la Singolarità 20-01, anno 5546 dalla Creazione del Mondo secondo il calendario dell'Impero Etrusco, Britannia, la città di Camelot

"Allora, caro popolo di Camelot, tutta la Britannia e i viaggiatori provenienti da terre lontane!" gridò Re Uther, in piedi su una piattaforma al centro della piazza principale. Era circondato dalle guardie reali. "Come tutti sapete, con mio grande rammarico, le divinità e il destino non mi hanno mandato un erede! E sono nell'età in cui è necessario risolvere una questione così importante come il trasferimento del trono! Naturalmente, secondo le tradizioni della nostra terra, se un re non ha figli, sua moglie, cioè una regina legittima, può ereditare il trono!"

La regina Igraine, che insieme alla figlia Morgause si trovava in disparte circondata dal suo corteo e dalle guardie, si limitò a scambiare sguardi scettici. Naturalmente erano a conoscenza di questa legge. Ma entrambe dubitavano che il Re avesse deciso di indire la Prova Reale affinché la Regina ottenesse ulteriori vantaggi. Allo stesso tempo, capivano che se Igraine si fosse comportata con dignità durante la Prova, il Re avrebbe dovuto cederle il trono, altrimenti avrebbe infranto la sua parola reale. In questo modo, non solo avrebbe perso la faccia, ma avrebbe anche disonorato i suoi antenati.

Tuttavia, Igraine si rese conto che, non sapendo nulla dell'imminente Prova, non aveva alcun vantaggio sugli altri partecipanti.

"E in effetti, chiunque può ereditare il trono..." pensò cupa, guardandosi attentamente intorno tra coloro che desideravano parteciparvi. Si riunirono su una piattaforma separata e appositamente recintata, scortate dai servitori del castello, secondo l'ordine del Re. La regina, insieme alla figlia Morgause, si trovava circondata dal corteo e dalle guardie un po' in disparte, sebbene facessero parte dei partecipanti. *"Uther è solo un vecchio pazzo! E se gli Etruschi che sono arrivati qui ereditassero il trono?*

Parteciperanno o no? Sono vicini ai potenziali partecipanti, ma allo stesso tempo potrebbero restare lì per ignoranza... E se a ereditare il trono fosse qualcuno della classe mercantile? E ci sono anche signori e signore di altri regni della Britannia! E cosa sono queste strane ragazze con la strega della foresta Viviane? Quale regno ha una moda così meravigliosa?"

Sembrerebbe strano: come fa la Regina a conoscere la strega dei boschi? Ma Igraine stessa, in incognito, le fece visita più volte. Le aveva chiesto: riuscirà a ottenere ciò che vuole? Dopotutto, la Regina non poteva chiedere direttamente: diventerà l'unica sovrana o no? Quindi dovette usare una formulazione più vaga: realizzerà ciò che vuole? Viviane allora fece una cartomanzia sulle rune e rispose: *"Tutto dipende da lei, cara signora. Ma sicuramente ci vorrà molto più tempo di quanto lei si aspettasse"*.

Morgause, una ragazza di vent'anni dai capelli scuri che assomigliava molto al defunto padre, il duca Gorlois, condivideva pienamente l'opinione e le emozioni della madre. E pensò: *"Qualunque cosa accada in questa Prova, mia madre o io dobbiamo superarlo! Il Re vuole davvero che il trono vada a degli estranei? È una follia! Anche se è improbabile, gli Etruschi sono arrivati qui proprio per questo motivo! Probabilmente è solo una coincidenza... Non sono riusciti a scoprirlo. Se non altro perché il viaggio dall'Impero Etrusco alla Britannia è di almeno una settimana su una nave media. E questo a patto di tenere il passo dal porto nei possedimenti gallici. Ma non tutte le terre galliche sono soggette all'Impero Etrusco, ma solo la loro parte inferiore...e le notizie dal porto devono ancora arrivare alla nobiltà!"*

In effetti, i Galli resistettero agli Etruschi così ferocemente da non poter essere sottomessi. Nel mondo di Arthuria, Marilyn e Lancitel, l'Impero Romano cercò di sottomettere le terre galliche. Le tribù galliche abitavano i territori di Francia, Belgio, parte della Svizzera, Germania e Italia settentrionale. E la Singolarità 20-01 era per molti versi simile al mondo delle ragazze.

Nel frattempo, Morgause chiese tranquillamente a sua madre, Igraine:

"Cosa ne pensi, mamma, gli Etruschi sono arrivati qui per caso? Solo per coincidenza, 'arrivati in tempo'?"

"Penso di sì", annuì Igraine. "Il Re ha annunciato la Prova solo dieci giorni fa. E ha inviato messaggeri in tutta la Britannia. Tuttavia, ho un brutto presentimento su questi Etruschi... Anche se non sapevano della Prova, non potevano venire qui senza un motivo!"

La Regina non sapeva ancora quanto le sue parole si sarebbero rivelate profetiche...

Il Re, a questo punto, continuò a parlare:

"Caro popolo di Camelot, tutta la Britannia e i viaggiatori di terre lontane! Ho annunciato la Prova Reale solo dieci giorni fa, ma a quanto vedo, un sacco di bella gente è venuta a partecipare! Vedo gloriosi signori e signore provenienti dalle lontane terre della Britannia! E sono stupito che siate riusciti ad arrivare qui così in fretta!"

Infatti, la maggior parte dei nobili e delle dame provenienti dalle lontane terre della Britannia non potevano fisicamente arrivare così rapidamente. A Camelot arrivavano solo coloro che, per caso, si trovavano relativamente vicini per un motivo o per l'altro.

Il Re indicò un po' più in là della piattaforma su cui si trovava. Arthuria, Marilyn e Lancitel videro da lontano un'enorme pietra, ma non vi prestarono attenzione. *"È solo una pietra! Tutto qui!"* pensarono. Ma ora, guardando meglio, le ragazze notarono che dalla sua superficie spuntava l'impugnatura di una spada ricoperta di muschio.

"Maestà! È impossibile!" esclamò Igraine. "Caliburn è stata conficcata nella pietra da vostro fratello Ambrosius Aurelianus! Lo ha fatto prima di lasciare Camelot, rinunciando al trono in vostro favore! Lord Aurelianus disse che se il Paese si fosse trovato nella difficoltà di scegliere un sovrano, allora il futuro re o regina avrebbe dovuto estrarre la spada! Molti hanno tentato di farlo per sfidare la vostra candidatura al trono! Ma nessuno ci è riuscito!"

Arthuria, Marilyn e Lancitel si guardarono in modo espressivo: quello che stava accadendo cominciava ad assomigliare alla solita storia di Re Artù. Si sa che anche lui aveva estratto la spada Caliburn dalla pietra!

"Se mio fratello ha infilato la spada nella pietra, allora è possibile estrarla da essa, mia regina", rispose Uther. "Ma se ancora nessuno estrarrà la spada dalla pietra, nominerò un successore in base alle prime due parti della Prova Reale. Inoltre, se non mi piacerà il modo in cui il candidato ha superato le prime due parti della Prova, quella persona non diventerà sovrano, anche se saprà estrarre la spada! Questo dichiaro, il Re di Camelot, Uther Pendragon, di fronte a tutti i testimoni che si sono riuniti in questa piazza! Se mi sarà difficile scegliere, faremo un'assemblea popolare e sceglieremo la persona più adatta tra tutti i candidati! Così, solo una persona veramente degna erediterà il trono!"

Naturalmente, il Re lo sapeva molto bene. Ecco perché aveva annunciato la Prova solo con dieci giorni di anticipo: per limitare il numero di forestieri. Ma, naturalmente, capiva che qualcuno da altre terre sarebbe sicuramente venuto a partecipare.

Tra l'altro, nessuno aveva capito questo piano del Re, nemmeno Igraine e Morgause.

"Vi state tutti chiedendo in cosa consisterà la Prova?" Uther continuò a parlare. Tutti coloro che erano riuniti nella piazza lo ascoltavano con attenzione, nessuno sussurrava nemmeno tra di loro. "Ci ho pensato a lungo! E dirò subito una cosa: è possibile che la Prova duri diversi giorni!"

Tutti i presenti nella piazza si guardarono con sorpresa. Sarà un torneo di cavalieri? Dove sono dunque le tribune per gli spettatori e l'arena? Se non è un torneo, cos'altro potrebbe richiedere alcuni giorni?

Uther continuò con calma:

"La Prova consisterà in tre parti! Per cominciare, tutti coloro che vogliono partecipare si presenteranno, racconteranno di sé e, se possibile, dimostreranno i loro talenti! E poi discuteremo! Farò delle domande: come vi comportereste in questa o quella situazione, se diventaste il sovrano di Camelot! E la conclusione della Prova sarà il tentativo di estrarre la sacra spada Caliburn dalla pietra!"

Igraine e Morgause si bloccarono sul posto. Erano piene di emozioni contrastanti. La regina sapeva che la gente comune non la amava particolarmente per il suo carattere severo. Anche Morgause era antipatica. Allo stesso tempo, la gente di Camelot conosceva Igraine e Morgause da anni e sapeva quindi cosa aspettarsi da loro.

"Se si dovesse decidere all'assemblea del popolo, ci sarebbe la possibilità per me o per mia figlia di ottenere il potere", si rese conto la regina. *"È improbabile che il popolo voglia vedere sul trono un signore o una signora di altre terre! E di certo non desiderano essere governati da questo giovane etrusco!"*

Igraine guardò con attenzione gli stranieri. Non aveva capito che il capo degli Etruschi era in realtà una ragazza. Tuttavia, questo non avrebbe cambiato l'essenza della questione.

Gli stessi Etruschi mantennero una calma esteriore.

"Lady Minerva, siete sicura che sia stata una buona idea arrivare a Camelot senza preavviso con un corteo così modesto?" chiese uno dei guerrieri etruschi alla sua signora.

"Siamo qui con intenzioni pacifiche", rispose la ragazza di nome Minerva. "E il fatto che la Prova Reale si stia svolgendo ora è forse un segno di buon auspicio. Come le stesse divinità degli Etruschi, il dio del tuono Tin e la dea del focolare Uni, sono dalla nostra parte! E anche la dea della saggezza, Minerva, da cui ho preso il nome, ci protegge! Per quanto riguarda l'annuncio, nel nostro caso possiamo arrivare senza. Dopotutto, siamo messaggeri".

Più in dettaglio, gli Etruschi preferivano non discutere di nulla. Ci sono così tante orecchie curiose in giro!

E il re Uther, nel frattempo, proclamava:

"Chiunque dubiti delle proprie capacità può rifiutare in anticipo la Prova Reale! Il rifiuto tempestivo è anche una manifestazione di coraggio! Nessuno vi giudicherà! Perché tutti comprendono che chi supererà la Prova avrà un'enorme responsabilità!"

Per un attimo, tutti i candidati che si affollavano intorno alla piattaforma appositamente recintata per loro, si bloccarono. Dopo di che, circa un terzo dei partecipanti abbandonò i propri ranghi. In effetti, nessuno li condannava. Tutti avevano capito che il destino del Regno e di tutti i suoi abitanti dipendeva dall'esito della Prova.

Anche Arthuria, Marilyn e Lancitel esitarono.

"Lady Viviane, forse dovremmo andarcene anche noi?" chiese Arthuria. "Volevamo solo trovare una dama protettrice..."

"A dire il vero, nemmeno io mi aspettavo che la Prova Reale si svolgesse in questo modo..." sospirò l'indovina. "Ma mostrare le vostre capacità non vi aiuterebbe nella ricerca di una padrona?"

"Oh, ma certo! È così che possiamo suonare la nostra musica e cantare!" Lancitel si rallegrò.

"Solo che prima avviseremo il pubblico che siamo arrivate da lontano, quindi non sappiamo che tipo di musica è considerata decente da queste parti. E che non vogliamo offendere nessuno con la nostra creatività", aggiunse Marilyn.

Così decisero.

"Se tutti quelli che avevano dei dubbi se ne sono andati, allora che la Prova Reale abbia inizio!" Uther annunciò a gran voce.

Batté tre volte il suo bastone sulla piattaforma su cui si trovava. Questo non significava solo l'inizio della Prova, ma anche un ordine per i servitori che portarono immediatamente sulla piattaforma una sedia comoda per il Re. Il Re, cercando di mantenere un'espressione serena, vi si sedette. Ma era comunque chiaro che non era facile per lui. Del resto, non era un segreto per nessuno che fosse vecchio e debole.

Ovviamente era vietato parlare di queste cose. I servitori del castello avevano l'ordine tassativo di tenere la bocca chiusa. Ma alcune voci si spargevano comunque al di fuori del castello. Tuttavia, anche senza voci, tutti capivano che, data l'età di Uther, gli restava poco tempo...

"Allora, chi sarà il primo a sostenere la Prova Reale?" chiese Uther.

Come previsto, la regina Igraine si fece avanti per prima. Più precisamente, come definire 'si fece avanti'? Prima di allora, era in piedi con la figlia Morgause, un po' in disparte rispetto al resto dei partecipanti e a distanza dal Re, circondata dal suo corteo e dalle sue guardie, dato che la regina e sua figlia non possono trovarsi in città senza essere accompagnate. Pertanto, anche in questo momento, Igraine si avvicinò alla piattaforma su cui sedeva il Re, accompagnata da alcune guardie (il resto rimase vicino a Morgause).

Questo non sorprendeva nessuno - sono le ben note regole del galateo. Al contrario, tutti si sarebbero sorpresi se la moglie del Re fosse stata sola.

"Popolo di Camelot!" proclamò la Regina, rivolgendosi a tutti i presenti nella piazza. "Mi conoscete tutti, perché sono la vostra Regina da molti anni! Inoltre, conosco le esigenze del popolo del nostro Regno! Queste terre hanno bisogno di una mano ferma per reprimere ogni tumulto, proteggere e mantenere l'ordine!"

Igraine continuò a dire varie frasi stimolanti per molto tempo. *"Sembra un misto di politici moderni e governanti di storie di fantasia..."* pensarono Arthuria, Marilyn e Lancitel.

Quando la Regina terminò la sua presentazione formale (anche se in realtà non ne aveva bisogno), Uther iniziò a farle domande sul governo del Regno.

Secondo Arthuria, Lancitel e Marilyn, la risposta di Igraine era abbastanza ragionevole, conforme a tutti i canoni dell'epoca attuale, anche se a volte era inutilmente severa.

"Ma ascoltandola, capisco che sta apertamente alludendo al fatto che nel Regno non va tutto bene. Anche Viviane ne ha parlato prima", si rese conto Arthuria. *"Igraine fa capire con garbo che i vassalli si sono tranquillizzati e non pagano le tasse, la tesoreria si sta svuotando, la criminalità in città è in aumento... Inoltre, considera l'acquisto di gioielli un buon investimento, perché possono essere venduti all'occorrenza... Igraine può sembrare dura, ma sembra che abbia davvero a cuore Camelot, tutte le terre del Regno e i suoi abitanti!"*

Dalla reazione delle persone riunite nella piazza, apparve chiaro che non erano entusiaste della Regina, ma erano pronte ad accettarla come sovrana. La gente, infatti, la conosceva da molti anni e, di conseguenza, sapeva quali azioni potevano aspettarsi da lei.

Era difficile dire cosa Uther pensasse di sua moglie. Lui, in quanto sovrano, sapeva nascondere bene le sue emozioni. Ma Arthuria, Lancitel e Marilyn avevano l'impressione che avesse dei dubbi sulla regina. Tuttavia, se non ci saranno alternative migliori, ovviamente le cederà il trono.

... Quando Uther e Igraine terminarono la loro discussione, la regina cercò di estrarre la spada dalla pietra. Ma, come previsto, non ci riuscì.

Al termine della Prova, Igraine si ritirò al suo posto, un po' in disparte. La prossima candidata alla Prova fu sua figlia Morgause. La ragazza, in molte questioni, aveva la stessa opinione della madre. Anche lei non riuscì a estrarre la spada dalla pietra. La gente reagì con lei più o meno come con la Regina: non erano entusiasti, ma almeno conoscevano Morgause da molti anni. E di conseguenza, tutti sapevano anche cosa aspettarsi da lei.

Dopo che la figlia della regina tornò al suo posto, diversi signori e dame delle terre vicine vollero partecipare alla Prova. Le discussioni con loro si rivelarono brevi. Dopotutto, una cosa è governare certe terre e un'altra cosa è l'intero regno. Da questo punto di vista, Igraine e Morgause avevano decisamente vinto. Anche i signori e le signore non riuscirono a estrarre la spada dalla pietra. E, come previsto, la reazione del popolo nei confronti degli estranei fu negativa.

Successivamente ai signori e le signore, parlarono diversi cittadini rispettati, mercanti e rappresentanti delle corporazioni artigianali. Ma Arthuria, Marilyn e Lancitel ebbero l'impressione che i cittadini, i mercanti e i rappresentanti non volessero affatto il potere, ma usassero la Prova per dare voce a una serie di problemi accumulati. Per esempio, le strade dissestate e l'aumento del numero di ladri su di esse, le tasse aggiuntive e non sempre legali nelle terre di alcuni signori e signore, l'aumento del tasso di criminalità nella stessa Camelot. A dimostrazione del loro talento, esponevano le loro merci e i loro prodotti. Per così dire, una sorta di pubblicità nel mondo senza Internet e TV.

La gente reagì in modo abbastanza neutrale di fronte ai cittadini rispettati, molti erano d'accordo con i problemi che annunciavano, ma nessuno vedeva queste persone come governanti. E, naturalmente, né i cittadini rispettati, né i mercanti, né i rappresentanti delle corporazioni artigianali riuscirono a estrarre la spada dalla roccia.

Il numero dei partecipanti continuava a diminuire. Ahimè, la Prova Reale stava procedendo molto più velocemente di quanto Uther si aspettasse. Per essere più precisi, tra i partecipanti erano rimasti solo Arthuria, Marilyn, Lancitel e alcuni bardi (non volevano il potere, ma volevano 'pubblicità' e cercavano anche mecenati).

Arthuria, Marilyn e Lancitel stavano per presentarsi al Re e agli abitanti di Camelot, quando all'improvviso una voce femminile espressiva e squillante annunciò:

"Caro Re, Regina e popolo di Camelot! Spero non vi dispiaccia se partecipo anch'io alla Prova Reale".

Tutti si voltarono verso la voce. Apparteneva al 'giovane', il capo degli Etruschi.

"Allora è una ragazza!" sussurrarono le persone stupite.

"Ma cosa vogliono gli Etruschi? Uther non cederà il potere al loro capo!"

"Tra l'altro, parla la nostra lingua!"

"Sì, la parla! Anche se la pronuncia delle parole è un po' strana!"

"Forse è venuta qui come messaggero e ora vuole esprimere qualche richiesta?" suggerì uno dei mercanti che avevano partecipato alla Prova.

E la sua ipotesi si rivelò la più vicina alla verità...

Nel frattempo, la ragazza si diresse verso la piattaforma dove era seduto il Re. I suoi compagni volevano seguirla, ma lei fece loro cenno di fermarsi.

"Ma Lady Minerva..." tentò di obiettare uno dei guerrieri nella lingua degli Etruschi.

"Siamo qui con intenzioni pacifiche", protestò lei, sempre nella lingua degli etruschi.

In realtà, era molto preoccupata e spaventata, anche se non lo dava a vedere. Allo stesso tempo, Minerva sapeva che né il sovrano di Camelot né i suoi sudditi sarebbero caduti così in basso da fare del male all'inviato. Perché allora la guerra con l'Impero Etrusco sarebbe certamente iniziata. E in Britannia ci saranno sicuramente altri regni che vorranno ottenere un 'pezzo' delle terre di Camelot. E così, il regno di Uther verrebbe distrutto...

"Come ho detto, tutti possono partecipare alla Prova Reale", rispose Uther al messaggero etrusco.

Da parte sua, non c'era negatività, ma piuttosto interesse per ciò che stava accadendo. *"Eppure, perché gli Etruschi sono venuti qui?"* pensò.

Minerva rispose nella lingua dei Britanni:

"Caro Re, Regina e popolo di Camelot! Lasciate che mi presenti! Sono Minerva della famiglia Herminia, uno dei consiglieri di corte minori dell'Impero Etrusco! Sono stata nominata inviata del Regno di Camelot! Al mio arrivo in Britannia, in un porto nelle terre della Cornovaglia costiera, ho sentito parlare della Prova Reale annunciata da voi, Vostra Maestà, l'onorevole Re Uther! E il suo svolgimento mi è sembrato un segno favorevole!"

"Cara Lady Minerva della famiglia Herminia, siete così giovane e occupate già il posto di consigliere minore. E parlate bene la nostra lingua. L'avete studiata per la vostra missione?" chiese Uther.

"Questa ragazza mi ricorda qualcuno", pensò involontariamente. *"Ma chi? Non riesco proprio a capire!"*

"No, Vostra Maestà. Conosco la lingua dei Britanni fin dall'infanzia. Mio nonno era originario di queste terre e insegnò la sua lingua madre a suo figlio, mio padre. E in seguito mio nonno ha insegnato questa lingua a me, sua nipote".

"Tuo nonno era di queste terre?" Il Re provò una certa curiosità nei confronti del misterioso messaggero. "Potrei conoscerlo?"

"Sì, Vostra Maestà, lo conoscevate molto bene. Credo che questo oggetto vi dirà più di tutte le mie parole", e dicendo questo, Minerva tirò indietro la lunga manica sinistra della sua tunica di lino, mostrando la mano.

Per un attimo Uther si bloccò, cercando di comprendere ciò che aveva davanti agli occhi. Di primo acchito, la vista non era particolarmente degna di nota: sulla mano della ragazza c'era un braccialetto realizzato con tecniche miste. Era composto da diverse piastre di metallo dipinte, fissate sul retro con cinghie di cuoio.

Il braccialetto era ovviamente vecchio, tutto consumato, sulle spesse piastre metalliche si potevano notare dei graffi e la traccia di un colpo di lama. Il segno del colpo era proprio sull'immagine incisa di un drago ricoperto di smalto rosso. Gli occhi del drago erano due rubini.

A giudicare dalle dimensioni, il bracciale era originariamente destinato a un uomo. Per la ragazza era ovviamente grande, anche se aveva stretto i lacci al massimo. In Gran Bretagna, molti uomini indossavano gioielli simili. L'unica differenza è che il braccialetto di Minerva era stato chiaramente realizzato da un artigiano molto abile. Un prodotto del genere è costoso e non tutti i nobili possono permetterselo.

"Questo è …" disse Uther, rendendosi finalmente conto di ciò che aveva davanti agli occhi.

Igraine guardò stupita la reazione del re, ma non capì nulla. Tuttavia, un vago sospetto si insinuò nella sua mente.

"Davvero? …" le balenò in mente un solo pensiero. Dentro la regina tutto si raffreddò per l'orrore: *"No! Questa è l'opzione peggiore di tutte!"*

E un attimo dopo la sua ipotesi fu confermata. Minerva disse:

"Vostra Maestà, Re Uther Pendragon! Riconoscete questo braccialetto, vero?"

"Dimmi, bambina, dove hai preso questo braccialetto?" chiese Uther, reprimendo a stento il tremore e l'eccitazione nella sua voce.

"Questo bracciale apparteneva a mio nonno. E qualche anno fa, prima della sua morte, me l'ha regalato".

"E come si chiamava tuo nonno?" Uther faticò a contenere le sue emozioni travolgenti.

"Ambrosius Aurelianus. Questo è il nome di mio nonno, Vostra Maestà".

"No! Questa è una frode! Questa ragazza è una sfacciata impostora!" Igraine quasi urlava. Ma riuscì a contenersi.

E Arthuria, Marilyn e Lancitel in quel momento pensarono: *"Questi sono solo tutti gli stereotipi del genere fantasy! E poi Uther riconoscerà Minerva come sua nipote e si abbracceranno!"*

E avevano indovinato. Infatti, secondo tutte le tradizioni del genere, Uther disse a Minerva:

"Figliola! Continuavo a pensare: chi mi ricordi? Ora mi rendo conto chiaramente che sei molto simile ad Ambrosius in gioventù! Vieni qui e fatti abbracciare!"

Il Re, ovviamente, agì in modo estremamente illogico. In qualche modo, in quel momento, era completamente sopraffatto da emozioni incredibilmente sentimentali e irrazionali, e non pensava affatto che Minerva potesse procurarsi i gioielli da qualche altra parte. Per esempio, comprandoli o sottraendoli ai veri nipoti di Ambrosius. Né Uther pensava che Minerva potesse fargli del male. No, certo che non lo avrebbe ucciso così, in mezzo alla piazza! È una follia, soprattutto per la ragazza stessa! Se affondasse un pugnale nel cuore del Re, le guardie la ucciderebbero immediatamente. Ma potrebbe graffiarlo con un ago avvelenato nascosto in uno degli anelli che porta alle dita...

Le guardie che stavano vicino al sovrano di Camelot pensarono allo scenario peggiore. Ma, fortunatamente per tutti, e soprattutto per Uther, Minerva non aveva davvero cattive intenzioni.

Si trattava quindi di abbracci familiari normalissimi. Tutti i presenti nella piazza guardavano scioccati quello che stava accadendo. Una varietà di pensieri vorticava nelle menti delle persone. I più numerosi erano: questa ragazza è davvero la nipote di Ambrosius? È originaria degli Etruschi, ma allo stesso tempo è parente del re? Sarà l'erede? Se supera la Prova Reale, ha tutte le possibilità di diventare l'erede! Ma anche se fosse una parente, è un'estranea etrusca! Meglio lasciare che Igraine ottenga il trono, allora!

Igraine stessa era incredibilmente indignata in quel momento, e scambiava sguardi significativi con Morgause. La ragazza condivideva pienamente le emozioni della madre. Anche a lei non piaceva quello che stava accadendo e considerava Minerva, se non un'impostora, certamente un'intrigante malevola.

Nel frattempo, Uther ruppe il suo abbraccio così sentimentale e illogico con la nipote. E disse:

"Bambina, raccontami tutto di Ambrosius! Come è entrato nell'Impero etrusco? Come ha vissuto? E cosa ti porta qui?"

"Sì, Vostra Maestà..." Rispose Minerva.

E iniziò la sua storia...

Si scoprì che il fratello di Uther, Ambrosius, dopo aver lasciato Camelot molti anni prima, partì per un viaggio. Voleva trovare qualcosa che potesse giovare a Camelot e al suo popolo. Per qualche tempo viaggiò in incognito in Britannia, poi si recò nelle terre galliche. In seguito, il destino lo portò nell'Impero etrusco.

Lì incontrò una donna della famiglia Herminia e se ne innamorò. Lei lo ricambiò e alla fine si sposarono.

Naturalmente, la famiglia della donna era contraria alla sua scelta. Sposare un Britannico senza radici (Ambrosius non disse nulla sulle sue origini)? È inaudito! Ma la donna era testarda e alla fine la sua famiglia dovette acconsentire.

I genitori di lei aiutarono Ambrosius a entrare nel servizio militare e lui fece rapidamente carriera. Di conseguenza, i parenti della moglie ammisero che 'Ambrosius non è del tutto privo di speranza'.

Ambrogio e sua moglie ebbero un figlio. Quando il figlio crebbe e si sposò, nacque Minerva.

Quando, qualche anno fa, Minerva riuscì ad ottenere un posto come assistente del consigliere minore, Ambrosius si ammalò. Purtroppo, alla sua età (era più vecchio di Uther), le malattie spesso diventavano fatali.

Nel mondo moderno sarebbe stato sicuramente curato, ma con l'attuale sviluppo della Singolarità 20-01, il livello della medicina era insufficiente...

Sul letto di morte, Ambrosius chiamò la nipote, le diede il braccialetto che aveva indossato per tutta la vita e le raccontò la verità sulla sua vita.

"È così che ho scoperto che mio nonno veniva da Camelot. E che, prima di partire, affidò il Regno a suo fratello minore, Uther Pendragon, cioè a voi, Vostra Maestà", concluse Minerva.

"Ma perché non mi ha mai mandato nemmeno un messaggio? Perché non mi ha contattato?" Uther si sforzò di controllare le sue emozioni travolgenti, ma non riuscì comunque a trattenersi dal porre la domanda. "Per tutti questi anni non ho saputo se mio fratello fosse vivo o morto da tempo! Quanto sarei felice di sapere che ha una famiglia nell'Impero Etrusco!"

"Come disse mio nonno, temeva che questo potesse creare confusione a Camelot", rispose Minerva. "Sapeva che il vostro regno ha avuto successo, Vostra Maestà. E il nonno non voleva voci inutili e disordini in Britannia. Inoltre, era preoccupato di non riuscire a trovare qualcosa che potesse giovare a Camelot e ai suoi abitanti. Questo lo turbava.

E questo è anche il motivo per cui non ha mai avuto il coraggio di contattarvi. Ma Camelot e voi gli mancavate molto, Vostra Maestà".

"È così…" In quel momento, il Re sembrava un normalissimo vecchio sentimentale che, dopo una lunga separazione, incontrava i parenti. Anche se, in generale, lo era.

Per un attimo nella piazza calò un silenzio imbarazzante. Tutti capirono che la situazione non era delle più favorevoli. Minerva, infatti, è la nipote di Ambrosius, il che significa che è la pronipote di Uther, anzi, anche sua nipote. Quindi, è una possibile erede al trono di Camelot. Ma allo stesso tempo è suddita dell'Impero Etrusco. Pertanto, ora tutti gli abitanti di Camelot preferirebbero vedere come erede una persona non particolarmente amata, ma familiare a tutti e del luogo, Igraine o Morgause. Ma non la straniera proveniente dal Paese con cui tutta la Britannia aveva combattuto in passato.

Fortunatamente per tutti, Minerva capì perfettamente l'inquietudine del popolo. Perciò disse:

"Vostra Maestà, credo di dover chiarire un punto fin dall'inizio. Nonostante la storia di mio nonno, non sono venuta qui per rivendicare in qualche modo la posizione di vostra erede. Il fatto che io sia venuta a Camelot il giorno della Prova Reale non è altro che una coincidenza. O, come dice la gente dell'Impero Etrusco: *"La Dea della Fortuna mi ha sorriso"*. Perché, grazie alla Prova Reale, posso parlare qui e ora, davanti a molti testimoni. E posso dichiarare lo scopo della mia visita in modo tale che nessuno dubiti che le intenzioni dell'Impero Etrusco in questo caso siano pacifiche".

"E qual è questo scopo? Parla, bambina", disse Uther.

"Un'alleanza contro i Sassoni e le altre tribù del nord", rispose semplicemente Minerva.

Un'ondata di sorpresa attraversò le file di persone riunite nella piazza. In effetti, negli ultimi tempi, i Sassoni avevano tormentato con le loro incursioni sia l'Impero etrusco sia la Britannia.

"La storia di questo mondo, in effetti, è simile alla nostra!" pensò involontariamente Arthuria mentre osservava la conversazione in corso nella piazza. *"Nel nostro mondo, anche l'antica tribù germanica dei Sassoni fece incursioni in Britannia. Ma non mi risulta che abbiano attaccato l'Impero Romano, il cui posto in questo mondo è stato preso dall'Impero Etrusco... Per quanto ricordo, Roma cadde a causa degli Unni, dei Vandali e di altre tribù... Ma di cosa sto parlando? In questo mondo, anche se ci sono molti momenti simili, è comunque diverso!"*

"È vero, i Sassoni sono diventati forti ultimamente", sospirò Uther. "Hanno unito sotto il loro comando Unni, Vandali, Visigoti, Franchi e altre tribù. Si dice che si alleeranno anche con i Galli".

"Chiaramente, nella Singolarità 20-01, le cose sono andate molto diversamente... Nel nostro mondo, questo non è successo", realizzò Arthuria, scambiando uno sguardo significativo con Marilyn e Lancitel.

"Lady Viviane, perché non ci ha detto una cosa così importante?" chiese in un sussurro.

"Non ho avuto tempo... Non è successo anche nel vostro mondo?" seguì una risposta.

"Era qualcosa di simile, ma con notevoli differenze", rispose Marilyn sottovoce. Anche lei conosceva bene la storia.

Nel frattempo, Minerva e Uther stavano discutendo dei problemi legati alla minaccia dei Sassoni, che avevano unito diverse tribù sotto la loro mano. Alla fine, Uther annuì gentilmente e disse:

"L'alleanza contro i Sassoni è davvero importante. Se Camelot e altri regni britannici si uniscono all'Impero Etrusco, possiamo difendere efficacemente le nostre terre. Pertanto, io sono Uther Pendragon, Re di Camelot, e con la presente dichiaro: entreremo in alleanza con l'Impero Etrusco. Saremo il primo dei regni di Britannia a farlo. Sono certo che altri sovrani della Britannia vorranno unirsi a voi!"

"Grazie, Maestà!" rispose Minerva.

"I dettagli saranno discussi più tardi, al banchetto serale!"

"Sì, Vostra Maestà!"

"Almeno non sta cercando di rivendicare il trono... Probabilmente è stata mandata perché suo nonno era un Britanno. Oppure l'Impero Etrusco sapeva che era parente di Uther?" pensò Igraine.

Aveva indovinato: all'inizio Minerva sarebbe stata mandata in Britannia perché conosceva la lingua dei Britanni. Ma la ragazza parlò onestamente di suo nonno. Questo fu il fattore decisivo per cui fu mandata a Camelot. Tuttavia, l'Impero non voleva ottenere di nuovo le terre britanniche. Aveva già abbastanza problemi da risolvere.

"Tuttavia, la Prova Reale non è ancora finita: la parola del Re è la parola del Re", disse Uther. "Bambina mia, cerca di estrarre la spada dalla pietra!"

"Sì, Maestà!"

Minerva si avvicinò alla pietra. Per un attimo si bloccò. Il suo volto sembrò cambiare espressione per qualche secondo, come se avesse capito qualcosa di importante. Tuttavia, un attimo dopo, la ragazza si avvicinò semplicemente alla pietra e, come tutti gli altri, cercò di estrarre la spada. Naturalmente, non ci riuscì...

Dopodiché, Minerva e il Re si scambiarono una serie di cortesie più formali. E tornò al suo corteo, sui cui volti si poteva leggere un evidente sollievo. Ma la stessa espressione di sollievo si leggeva sui volti di tutti coloro che erano riuniti nella piazza. La gente aveva capito che gli stranieri non erano una minaccia per loro, ma, al contrario, alleati contro i Sassoni.

"C'è qualcun altro che vuole partecipare alla Prova Reale?" chiese Uther, controllando completamente le sue emozioni. Ma nei suoi occhi si leggeva sicuramente la gioia per l'incontro inaspettato con la nipote. E mentalmente il re stava già esaminando le possibili opzioni di argomenti di conversazione riguardo all'opposizione ai Sassoni, che avrebbe dovuto discutere al banchetto con Minerva.

Nel frattempo, i pochi rimasti che desideravano superare la Prova non riuscivano a riprendersi dalla sorpresa dopo le parole di Minerva.

"Forse dovremmo andare? Dobbiamo ancora risolvere il problema", suggerì Marilyn.

"Infatti", annuirono Arthuria e Lancitel.

"Buona fortuna a tutte e tre", disse loro Viviane.

E le tre ragazze si diressero verso il Re.

"Giovani donne in abiti insoliti! Da dove vengono?" sussurrò la gente.

"Vengono dal Popolo delle Fate?"

"O sono aliene?"

"Ma di sicuro non sono etrusche!"

Proprio così, le ragazze avevano di nuovo attirato l'attenzione. Finché si trovavano tra i potenziali candidati alla Prova Reale, non si prestava loro molta attenzione: tutti guardavano le azioni dei partecipanti.

"Cari Re, Regina e popolo di Camelot!" Arthuria iniziò a parlare, 'copiando' l'inizio del discorso di Minerva. "Spero non vi dispiaccia se noi tre abbiamo deciso di partecipare alla Prova Reale!"

"Chi siete, signore? Da quali terre venite? E voi tre parteciperete contemporaneamente?" Uther era sorpreso.

"Che strane ragazze! E cosa hanno in mano? Strumenti musicali? Sono forse bardi o attrici?" pensarono scetticamente

Igraine e Morgause. Non vedevano le ragazze come una minaccia. Ma entrambe erano tormentate da strani presentimenti...

"Sì, Vostra Maestà, non prendetela come un'impudenza, ma parteciperemo tutte insieme. Il mio nome è Arthuria".

"E io sono Marilyn".

"E io sono Lancitel.

"Siamo cantanti itineranti", continuò Arthuria. "Veniamo da una terra molto lontana. E spero che non consideriate impudente il fatto che siamo venute alla Prova Reale non per diventare regine, ma per dimostrare le nostre capacità e trovare una sistemazione."

"Oh, è così interessante! Musica straniera!" si rallegrò il Re. "Certo, vi permetto di dimostrare le vostre capacità!"

"Con nostro grande rammarico, non sappiamo cosa sia considerato decente e accettabile in queste terre e cosa no", disse Marilyn. "Pertanto, vi preghiamo di scusarci se la nostra musica vi sembrerà inopportuna e sconveniente".

"Naturalmente, siamo tutte persone ragionevoli e capiamo che le persone hanno preferenze diverse in terre diverse", sorrise gentilmente Uther. "Prego, iniziate".

Le ragazze si guardarono felici. Avevano già deciso quale canzone avrebbero cantato quando erano in viaggio verso Camelot. Pertanto, Arthuria tirò fuori e accordò rapidamente la sua chitarra elettrica e Marilyn la sua. Toccarono le corde e...

Le chitarre elettriche emisero suoni che gli abitanti di Camelot non avevano mai sentito prima. Tutti si bloccarono sotto shock, cercando di capire cosa stesse succedendo. I demoni stanno attaccando Camelot? Oppure la musica delle ragazze di una terra lontana è così diversa da quella locale?

Sì, proprio così: il gruppo musicale amatoriale Lovely Marshmallows, nonostante il nome, suonava hard rock. Le loro chitarre elettriche erano alimentate da pannelli solari, quindi non c'erano problemi di suono nemmeno a Camelot, che, per ovvie ragioni, non aveva elettricità.

E ora, questi due strumenti musicali, secondo gli abitanti di Camelot, emettevano suoni davvero demoniaci!

Inoltre, Lancitel cantava con una profonda e terrificante voce ultraterrena:

"Tutto è oscurità e decadenza! Sono un lupo solitario in questo mondo senza senso!..."

Viviane, che si aspettava tutt'altro che quel suono, si bloccò sotto shock. Gli occhi della regina Igraine e di Morgause si allargarono. Anche l'espressione di Uther assunse tratti così complessi e contrastanti da mostrare stupore, shock, orrore e... una sorta di piacere?

"Tenebre e cenere! Tenebre e decadenza! Tutto è privo di significato!..." Lancitel continuò a cantare con una voce ultraterrena e terribile, e Marilyn e Arthuria cantavano insieme a lei.

La domanda sorge spontanea: a cosa pensavano le ragazze quando scelsero questa particolare canzone, che ovviamente sconvolge gli abitanti del Medioevo? In realtà, scelsero la loro composizione più 'decente e melodica', perché le altre erano ancora più incisive.

Le stesse Lovely Marshmallows non ritenevano che la canzone 'Oscurità e decadenza' fosse un successo per loro. Anche gli abbonati su Internet nei commenti scrivevano che "non è male, ma le 'Marshmallows' potrebbe essere migliori". Agli stessi abbonati piacevano di più le composizioni intitolate 'Scheletri in arrivo', 'L'apocalisse sta arrivando', 'Artigli delle tenebre' e 'L'attacco delle formiche mutanti giganti'. Ed è proprio 'Attacco delle formiche mutanti giganti' che avrebbero dovuto eseguire al Festival, ma, come è noto, sono entrate nella Singolarità 20-01... Le ragazze avevano anche una canzone che guadagnò grande popolarità su Internet.

Il titolo della canzone era lungo: 'I miei vicini sono rumorosi di notte, ecco perché ho chiamato i demoni per rieducarli'. Secondo la trama della canzone, gli astratti vicini del piano di sopra di un condominio calpestavano rumorosamente la notte, accendevano la TV a tutto volume e 'facevano rotolare palle di metallo'. Il protagonista della canzone evocò dei demoni che 'rieducarono' i vicini dall'alto, con l'aiuto della magia, facendo loro sentire esattamente gli stessi suoni che producevano loro stessi, ma amplificati più volte. Dopo qualche tempo, i vicini si trasferirono gridando: *"Siamo stati sopraffatti dai demoni!"* E il protagonista poté vivere in pace.

Il testo della canzone è stato scritto da Lancitel: viveva in un grattacielo e i suoi vicini del piano di sopra facevano continuamente strani rumori di notte. Non guardavano la TV ad alto volume, non ascoltavano musica ad alto volume, non urlavano o facevano feste rumorose. Ma continuavano a far cadere qualcosa! Sia la ragazza che i suoi genitori si svegliavano continuamente di notte e spesso non riuscivano ad addormentarsi per molto tempo.

Tutti i tentativi di parlare con i vicini si conclusero con un fiasco totale. Infatti, loro, a prima vista persone adeguate, sinceramente non capivano: perché fanno questo rumore? Di notte fanno cadere qualcosa... Quasi ogni notte. Più volte. E tra l'altro, non hanno voluto mettere tappeti sul pavimento (per assorbire il suono). Anche se i genitori di Lancitel, stanchi della costante mancanza di sonno, si offrirono di pagare l'acquisto.

Di conseguenza, Lancitel e i suoi genitori smisero di cercare di negoziare con loro in modo pacifico. E per rappresaglia, misero degli altoparlanti nelle loro stanze su armadietti, cioè sotto il soffitto. E a volte ascoltavano musica. Hard rock.

Come risultato, i vicini di sopra vennero a lamentarsi di questi 'suoni insopportabili'. Ma poiché Lancitel e i suoi genitori ascoltavano musica in orari legali, i vicini non potevano fare nulla. Ma a poco a poco si abituarono a far cadere meno oggetti di notte.

Alla fine Lancitel ebbe l'idea della canzone 'I miei vicini sono rumorosi di notte e per questo ho chiamato i Demoni per rieducarli'.

La canzone piacque subito a Marilyn, che si fece carico dell'esperienza di 'rieducare i vicini', perché soffriva dello stesso problema. Anche Arthuria apprezzò il problema trattato nella canzone. Anche se viveva in una villetta, il figlio adolescente dei vicini organizzava periodicamente feste chiassose quando i genitori erano fuori per lavoro. Ma in questo caso la situazione era più semplice, perché tutti i vicini si lamentavano con i genitori delle feste rumorose dell'adolescente. Questi ultimi rimproveravano il figlio. Naturalmente il bambino fingeva di capire tutto, annuiva con uno sguardo intelligente, diceva che non ce ne sarebbero state altre, ma alla fine faceva di nuovo una festa rumorosa...

... La canzone 'I miei vicini sono rumorosi di notte, ecco perché ho chiamato i demoni per rieducarli' ebbe un riscontro molto burrascoso su Internet, perché molti residenti di edifici a più piani conoscevano questo problema.

Ma per il festival le ragazze decisero di eseguire la canzone 'Attacco delle formiche mutanti giganti'. Ma, come è noto, caddero nella Singolarità 20-01...

"Tenebre e decadenza!" Lancitel finì finalmente di cantare la canzone.

Arthuria e Marilyn suonarono gli ultimi accordi. E si bloccarono...

C'era un tale silenzio nella piazza che si potevano persino sentire le mosche che volavano...

"Sembra che abbiamo fallito... Avremmo dovuto cantare qualcos'altro! Non il rock duro! Ma come? Stavamo solo provando le nostre canzoni! Un'altra musica nella nostra esibizione sarebbe suonata malissimo!" Arthuria, Lancitel e Marilyn pensarono contemporaneamente allo stesso modo.

Si erano già preparate mentalmente al fatto che sarebbero state cacciate da Camelot in disgrazia. All'improvviso, il silenzio della piazza fu rotto dall'abbaiare di Carbo, il cane di Viviane, che era stato accanto a lei per tutto questo tempo.

"Woof! Woof!" il suo abbaiare suonava inaspettatamente gioioso. Anche il cane stesso saltava eccitato intorno alla donna.

Gli abitanti della città conoscevano il cane dell'indovina, quindi non avevano affatto paura di lui. Ma il suo abbaiare sembrò far uscire le persone dallo stupore e dallo shock culturale.

"È così insolito!" esclamò con approvazione un bardo.

"Sì, è così insolito! E così emozionante!"

"È un peccato che la canzone sia così breve!"

"Che strana canzone! E che strumenti musicali insoliti!"

Un'ondata di approvazione attraversò la piazza.

"Non ho capito: alla gente è piaciuta?" Marilyn era sorpresa.

"Sembra di sì…" rispose Lancitel.

"Mi sono appena ricordata: nell'antichità i bardi recitavano varie saghe e poesie. E il loro contenuto non era sempre dolce e zuccheroso", si rese conto Arthuria".

"Oh, giusto! Quando hai detto questo, mi sono ricordata che le fiabe dell'antichità erano cupe!" esclamò Lancitel.

"Sì, è vero... Anche le fiabe non erano originariamente per i bambini", convenne Marilyn. "Già nel mondo moderno sono state censurate e 'ammorbidite' Anche se negli originali ci sono molti momenti bui. Per esempio, 'Pollicino'. O 'Hansel e Gretel'…"

In effetti, nel racconto 'Pollicino' i genitori non avevano nulla da dare da mangiare ai loro figli, così li portarono nella foresta e li lasciarono lì. E in Hansel e Gretel, il padre cedette alla persuasione della seconda moglie, portò il figlio e la figlia nella foresta e li lasciò lì. Entrambe le storie finiscono bene. Ma quando Arthuria, Lancitel e Marilyn leggevano queste fiabe da bambine, erano sempre sorprese dall'irresponsabilità degli adulti che portavano facilmente i loro figli nella foresta e li abbandonavano. In una parola, anche se le fiabe nel mondo moderno sono state 'ammorbidite', contengono ancora molti momenti non proprio umani...

Si può solo ipotizzare quali fossero i gusti della società nell'antichità, prima che le fiabe popolari cominciassero ad 'ammorbidirsi'.

"Sembra che noi stesse, senza sospettarlo, abbiamo colpito il 'top' locale con la nostra musica", aggiunge Lancitel. "Forse avremmo dovuto eseguire 'L'attacco delle formiche giganti mutanti'?"

"Forse..." concordarono le sue amiche.

Nel frattempo, il rumore di entusiasmo nella piazza cessò. E Re Uther parlò:

"Giovani donne, questa è stata una canzone insolita ma decisamente meravigliosa! Ha così tanta vita ed emozioni! E i vostri strumenti musicali e il modo in cui li suonate sono semplicemente straordinari! Il suono è così forte e chiaro! E così... Diverso!"

A Uther piacque decisamente. Ma rimaneva pur sempre il Re e quindi disse:

"Tuttavia, la Prova Reale è la Prova Reale! Anche se siete venute qui per mostrare le vostre capacità, devo completare la Prova!

Altrimenti, verrò meno alla mia parola reale! Pertanto, iniziamo a discutere del governo del Regno!"

"Sì, Vostra Maestà!" concordarono le ragazze.

E cominciarono a discutere. Uther fece varie domande sul governo del Regno e Arthuria, Marilyn e Lancitel gli risposero. Per esempio, il Re chiese come si sarebbe dovuto comportare il sovrano se i feudatari o le dame a lui subordinati si fossero rifiutati di pagare le tasse o avessero pianificato una rivolta. Tutti i precedenti partecipanti alla Prova Reale risposero a questa domanda in modo simile: inviare ambasciatori con un avvertimento, se necessario, inviare un distaccamento di guerrieri, riorganizzare le truppe per mettere al suo posto il feudatario o la feudataria presuntuosi.

Ma Arthuria rispose inaspettatamente:

"Se fossi io il sovrano, imporrei sanzioni commerciali contro il feudatario o la feudataria recalcitranti".

"Cosa?" si stupì il re.

"Sì, Arthuria, non è divertente", si accigliò Lancitel. "Succede spesso nelle nostre terre, e le economie dei vari Paesi ne risentono molto".

Saggiamente non disse 'nel nostro mondo', ma disse 'nelle nostre terre'. Una cosa è raccontare tutto all'indovina Viviane, che aveva già incontrato un'artista di un altro mondo. Ma un'altra cosa è parlarne ai comuni abitanti di Camelot. Non si sa come potrebbero reagire!

"Sì, e comunque molti Paesi delle nostre terre stanno affrontando con successo le restrizioni commerciali sviluppando la loro produzione e trovando nuovi partner commerciali", aggiunse Marilyn scettica, chiamando anche prudentemente il loro mondo 'le nostre terre'.

"Ma qui la situazione è completamente diversa", rispose Arthuria con calma. "Il sistema di trasporto e il numero di alternative sono completamente diversi!"

"Sì, esattamente…" Lancitel e Marilyn concordarono all'unisono.

Finalmente capirono cosa intendeva la loro amica: in effetti, durante l'Alto Medioevo, inizialmente non c'erano un sistema di trasporti così sviluppato e beni alternativi, così come le tecnologie che permettevano alle persone di stabilire una produzione all'interno del loro paese. E se 'bloccassero' il commercio con qualche feudatario o dama, questo causerebbe loro seri problemi.

"I suoi sudditi saranno i primi a manifestare il loro disappunto", continuò Arthuria sviluppando il pensiero. "E le voci si diffonderanno abbastanza velocemente ovunque. Di conseguenza, il presuntuoso signore o signora feudale viene a sapere che il suo comportamento ha causato il boicottaggio commerciale. Mettersi in guerra contro il sovrano del regno quando la gente è arrabbiata non è una buona idea. Pertanto, il feudatario o la feudataria dovranno riflettere sul proprio comportamento. E alla fine capirà che collaborare con il sovrano del Regno è prima di tutto nel suo interesse".

"Un'idea insolita!" esclamò Uther. E poi fece un'altra domanda ragionevole: "Ma che ne sarà dei mercanti? È improbabile che vogliano subire perdite! Potrebbero arrabbiarsi! E, per evitare perdite, i mercanti aumenterebbero i prezzi delle merci per tutti!"

"Certamente avete ragione, Vostra Maestà", annuì Arthuria. "Pertanto, il sovrano del Regno dovrà inviare i suoi uomini con la somma necessaria per acquistare tutte le merci che i mercanti hanno pianificato di vendere nella terra del presuntuoso signore o signora feudale. Se questi mercanti fanno parte di una gilda commerciale, sarà più facile risolvere la questione attraverso la gilda. In questo modo, i mercanti non subiranno perdite! E l'acquisto di merci da loro costerà alla tesoreria meno della condotta delle ostilità. Altri feudatari e dame, dopo averne sentito parlare, penseranno: vale la pena per loro correre dei rischi e scontrarsi con il governo del Regno?"

"Hmm…" pensò il Re. E fece un'altra domanda: "Ma cosa succede se il feudatario o la feudataria decidono di iniziare le ostilità contro i propri vicini per reintegrare le risorse mancanti?"

"In tal caso, è necessario inviare in anticipo distaccamenti ausiliari ai suoi vicini per rafforzare i loro confini".

"E cosa fare con i mercanti stranieri che arrivano dall'altra parte del mare? E con i mercanti degli altri regni della Britannia?"

"Inviare persone leali con fondi nei porti principali, in modo che negozino con i mercanti d'oltre mare per non trattare con il presuntuoso signore o signora feudale. In cambio, le persone leali acquisteranno immediatamente alcune merci da questi mercanti. Lo stesso vale per i mercanti degli altri regni della Britannia. L'unica differenza è che le persone leali si recheranno sulle principali rotte commerciali. Sicuramente ci sono locande lungo di esse, dove di solito si fermano questi mercanti".

Nella piazza regnava il silenzio. Alla fine Uther lo ruppe chiedendo:

"Lady Arthuria, state suggerendo misure economiche, se necessario, invece di combattere?"

"Sì, Vostra Maestà. Le misure economiche possono sembrare indegne ai nobili cavalieri e guerrieri, ma a mio avviso sono comunque meglio della devastazione delle terre e della morte delle persone durante le guerre", rispose. "I signori e le signore feudali devono capire che portare il Regno alla prosperità è anche nel loro interesse. Mentre le lotte civili sono svantaggiose per tutti. Infatti, le guerre tradizionali con l'uso delle armi richiedono molte vite, e certamente portano alla devastazione della terra e alla morte di parte o di tutto il raccolto. Inoltre, l'esercito riceve spese dalla tesoreria. Quindi, possiamo dire con piena certezza che le guerre tradizionali porteranno ancora più danni delle sanzioni economiche".

Le persone riunite in piazza pensarono: ahimè, molti adulti conoscevano la guerra. Uther aveva governato Camelot per molto tempo, e il suo governo era stato prospero per gli standard locali: l'ultima guerra risaliva a quindici anni prima. Poi, uno dei signori si alleò con i mercenari sassoni.

L'esercito di Uther era ben equipaggiato e addestrato. Riuscirono a sedare la ribellione. Ma molti valorosi guerrieri caddero. Tra questi c'era il primo marito della regina Igraine, il duca

Gorlois. Per questo motivo la regina riteneva che ai vassalli non dovesse essere permesso di 'rilassarsi'.

"Capisco il vostro punto di vista, Lady Arthuria", disse Uther dopo una breve pausa. "Continuiamo le nostre domande. Cosa fareste per aumentare la produttività dei campi?"

"Forse userei un sistema a due campi, a tre campi e a più campi".

"Il sistema a due campi è conosciuto nella nostra zona, ma ci parli di quello a tre e a più campi".

"Con il vostro permesso, inizierò con il sistema a tre campi. Questo metodo è in qualche modo simile a quello a due campi. Mentre una parte dell'appezzamento di terreno è 'a riposo', altre due parti dell'appezzamento vengono seminate con colture invernali e primaverili..."

Arthuria e Re Uther parlarono a lungo. A volte Lancitel e Marilyn intervenivano nel dialogo. La gente riunita nella piazza ascoltava stupita i discorsi delle strane 'ragazze del Popolo Fatato'.

La regina Igraine e Morgause iniziarono a sentirsi a disagio. Ma cercarono di controllarsi, rassicurandosi mentalmente: *"Queste ragazze sono straniere! E poi sono cantanti itineranti! E loro stesse hanno detto che vogliono solo trovare una mecenate! Nessuna di loro sarà regina! Inoltre, è improbabile che riescano a estrarre Caliburn dalla pietra! Nemmeno i guerrieri più forti ed esperti ci riescono!"*

... Uther e le 'cantanti itineranti' discussero a lungo. Alla fine il re, abbastanza soddisfatto dei risultati della discussione, disse:

"Bene! Eccellente! Ho capito! Resta l'ultima parte della Prova: estrarre la spada dalla pietra!"

"Con tutto il rispetto, Vostra Maestà, volevamo solo trovare una protettrice..." Arthuria replicò timidamente.

"Sì, capisco. Ma io sono il Re e non posso venir meno alla mia parola reale. E voi, in quanto partecipanti alla Prova, dovete fare ogni sforzo per superarla con dignità. Anche se non volete il trono, dovreste cercare di ottenere la spada dalla pietra".

"E se riuscissimo a prenderla?" chiese all'improvviso Marilyn con dolcezza.

Arthuria e Lancitel avevano già notato che la loro amica guardava in modo strano la pietra con Caliburn. Avevano capito che stava tramando qualcosa. O forse aveva capito qualcosa?

"Hmm, forse è vero, se mostriamo le nostre migliori capacità, le nostre possibilità di trovare una protettrice aumenteranno notevolmente..." disse Marilyn pensierosa.

Ma tra sé e sé, pensò: *"O forse se una di noi riuscisse a diventare regina, sarebbe un risultato ancora più favorevole. Perché una mecenate dovrà sempre accontentarci, e potrà cacciarci in qualsiasi momento... Bene! Deciso! Se ho capito bene, Arthuria o Lancitel potranno diventare regine, e io mi guadagnerò la reputazione di abile maga! Non posso comunque diventare una regina, ma grazie alle mie doti di attrice e alle mie capacità matematiche, diventerò una buona 'maga'! Sì, lo farò!"*

"Vostra Maestà, se non vi dispiace, vorrei eseguire un rituale di purificazione e benedizione, tradizionale nelle nostre terre, prima di provare a estrarre la spada dalla pietra", disse ad alta voce.

"Sì, Lady Marilyn, certo", rispose il Re.

Arthuria e Lancitel si guardarono l'un l'altra, non capendo ancora cosa volesse fare esattamente la loro amica. *"Beh, sta studiando per diventare un'attrice, quindi probabilmente mostrerà qualcosa di spettacolare... Ma a che scopo?"* pensarono.

E così fu. Marilyn, ringraziando Uther, andò alla spada nella roccia. Tirò fuori dallo zaino il suo mantello in stile fantasy (faceva parte di un costume di scena, non entrava nella valigia con altre cose). Indossò il mantello e si mise vicino alla pietra. La ragazza iniziò a canticchiare una strana melodia, toccò la superficie della pietra come se premesse e muovesse qualcosa. Era difficile da valutare: si alzava sempre in modo che il mantello coprisse le sue azioni dal pubblico.

Le persone riunite nella piazza erano decisamente impressionate. Arthuria e Lancitel si limitarono a pensare: *"Che noia! Si comporta come una maga di fantasia stereotipata!"*

Quando Marilyn finì di 'eseguire il rituale di purificazione e benedizione tradizionale nelle sue terre', disse:

"E ora cercherò di estrarre la spada dalla pietra!"

E cominciò a estrarre la spada con uno sforzo. Sospirava e sbuffava, cercando di estrarre la spada anche con un piede sulla pietra! Tutto sommato, Marilyn si sforzò molto.

Alla fine, dopo aver finito, si allontanò dalla pietra e disse:

"Ahimè, gli spiriti della natura, che ho chiamato durante il rituale di purificazione e benedizione, non hanno risposto alle mie richieste! Ma riesco a percepire chiaramente la loro presenza... Vostra Maestà, Arthuria o Lancitel possono provare a estrarre la spada?"

"Certo, visto che tutte e tre partecipate alla Prova Reale", rispose Uther.

"Chi di noi andrà per prima? Tu o io?" chiese Lancitel.

I dubbi la assalirono. Una strana premonizione. Le sembrava che Marilyn nascondesse qualcosa.

Arthuria non capiva quali fossero i dubbi dell'amica. Così si offrì di andare per prima:

"Lasciami andare! Dubito di poterlo fare, ma ci proverò!"

La ragazza si avvicinò alla spada nella roccia. Ne toccò l'elsa e pensò: *"Beh, cercherò di fare uno sforzo per amore della decenza, anche se sicuramente non riuscirò a tirare fuori Caliburn! E anche se ci riuscissi, non mi serve: Non voglio diventare la Regina di Camelot!"*

Arthuria tirò l'elsa della spada. Si udì un leggero rumore e scricchiolio e... Caliburn uscì facilmente dalla pietra.

"Cosa?" Arthuria allargò gli occhi, cercando di capire cosa fosse successo.

"Cosa?" Uther allargò gli occhi, incapace di credere a ciò che vedeva.

"Cosa?" La regina Igraine e Morgause parlarono all'unisono, sentendo le loro viscere raffreddarsi.

"Sembra che gli spiriti della natura abbiano inviato la loro benedizione ad Arthuria", disse Marilyn con uno sguardo innocente e sorpreso.

"Come?" Lancitel non capì, guardando l'amica con stupore. Sembrava essere l'unica nella piazza ad essere sorpresa non dal fatto che Arthuria avesse estratto la spada, ma dal fatto che Marilyn avesse 'eseguito una specie di rituale che l'ha aiutata a farlo'.

"COSA? COME È POSSIBILE?" esclamarono le persone nella piazza, rendendosi finalmente conto di ciò che avevano visto.

"Davvero, come è possibile?" disse Arthuria, guardando con occhi rotondi e stupiti la spada che aveva tra le mani...

Era chiaro: non ci sarebbe stata di certo una vita tranquilla nella Singolarità 20-01...

Continua...

Editorial Tektime

www.tektime.it